SL「貴婦人号」の犯罪

西村京太郎

双葉文庫

目次

第一章　C57 1の誘惑　7
第二章　撮影ポイント　42
第三章　接点　78
第四章　四人目の犠牲者　109
第五章　第五の標的《ターゲット》　144
第六章　爆弾　173
第七章　最後の叫び　206

十津川警部

SL「貴婦人号」の犯罪

第一章　C571の誘惑

1

最初に警察への連絡があったのは、世田谷《せたがや》区内の、K病院からだった。

十一月二十日、土曜日の、午後三時六分。何者かに後頭部を殴られ、頭部陥没《かんぼつ》を起こして意識不明になっている若い男性が運ばれてきたというのである。

病院側の説明では、

「これから緊急手術をするが、生死の確率は半々」

というものだった。

「その患者さんのお友だちが、ここにきていまして、事情を警察に説明したい、といっています」

と病院の事務長が、電話で、いった。

もし、誰かに、殴られて負傷したのであれば、明らかに、殺人未遂事件ということになる。本来なら、所轄署の刑事が、いくことになるのだが、警視庁捜査一課から、十津川班の刑事たちが、K病院に、駆けつけた。

十津川が亀井刑事と、病院の待合室に入っていくと、すでに緊急手術が始まったときかされた。

待合室には、大野修《おおのおさむ》という二十六歳の青年がいて、十津川たちを、待っていた。病院の事務長がそばにいて、大野修を紹介した。

「この人が、救急搬送された患者につき添ってきたお友だちです。スパナで、滅多打ちにされたと証言してくれました。これは傷害事件だと思い、警察に連絡したのですが」

と、事務長が、いう。

大野修が、十津川に、名刺を渡した。

それには、M銀行三鷹《みたか》支店第一営業部とあった。

「あなたのお友だちが、誰かに、スパナで頭を滅多打ちにされて、頭蓋骨《ずがいこつ》陥没の、重傷を負った。救急車を呼んで、このK病院に運んだわけですね？」

十津川が、念を押すと、大野は、小さく首を横に振って、

「いえ、今、緊急手術を受けているのは、友だちでは、ありません」

「しかし、病院の人が、あなたのことを、救急車で運ばれてきた患者さんの、お友だちだといっていましたよ。違うのですか？」

「病院の人が、勘違いを、されているんです。被害者は、友だちじゃありません」

「では、今、手術を受けているのは、誰なんですか？」

「名前は、河野博史《こうのひろし》さんといいますが、僕の友だちじゃありません。今日初めて会った人です」

「初めて会った人というのは、どういうことですか？」

「雨宮健一《あまみやけんいち》という僕の友だちがいて、彼が、かっとなって、今、手術を受けている河野さんを、スパナで、滅多打ちにしたんですよ。僕が、一一九番して、河野さんをここに運んだんです。雨宮は姿を消してしまいました」

大野が、いった。

「今、手術を受けている河野さんと、スパナで殴った雨宮さん、それに、あなた。その三人の関係が、理解できないので、話がよくわかりませんが」

十津川は、苛立ちを隠さずに、大野という男を見つめて、

「もっと、よくわかるように、できれば、具体的に、説明していただけませんか？」

「うまくいえるかどうか、自信はありませんが」

その時になって、十津川は、大野の声や指先が、小さく、震えているのに気がついた。顔色も蒼い。

(警察の人間である自分を前にして、おそらく、緊張しているのだろう。それとも、何か、隠しているのか？)

「どういうふうに、説明したらいいでしょうか」

と、いいながら、大野は、ジャンパーのポケットを、探っていたが、一枚の写真を取り出すと、十津川に、見せた。

蒸気機関車（SL）を撮影した写真だった。

「これが、何というSLだか、ご存じですか？」

と、大野が、きく。

「いや、何というSLかはしりませんが、なかなか美しい形だということは、わかりますよ」

「C57形というSLで、鉄道マニアの間では、貴婦人というニックネームで呼ばれていて、人気のある蒸気機関車です」

「なるほど、貴婦人と呼ばれているのですか。確かに、その名前に、ぴったりの、美しい形をしていますね」

「僕と雨宮は鉄道好きの仲間なんです。会社は違いますが、休みになると、一緒に電車やSLの写真を撮りに出かけたりしています。雨宮が、このところ、写真のSL、C57形に、はまっていて、その模型を手に入れようとしていたんです」

「なるほど、そこまでは、よくわかりましたよ。それで？」

「もう一度、写真を見ていただきたいのですが、正面についているプレートに、1と、書いてあるでしょう？　C57の1と書いてあるのが、わかりますか？」

「確かに、そうなっていますが、何か意味があるのですか？」

「それはC57の1号機という意味なんです」

大野は写真を、指差しながら、C57 1号機の特徴を、十津川に、説明してくれた。
一、煙突に取りつけてある集煙装置（煙を室内に入りにくくする装置）

二、炭水車に積まれた石炭と重油のタンク
三、運転室の後ろに、長く延びている屋根

「この三つの特徴が、1号機が、ほかのC57形SLとは、大きく異《こと》なっている点なんです。独特な形なので、模型メーカーでも、特別な金型《かながた》が必要になります。それで、C57の1というSLの模型は、作っているところが少なくて、なかなか、手に入りません。一番小さなスケールのNゲージの、C57の1は、雨宮は、手に入れていました。最近、雨宮が、一番ほしがっていたのは、Nゲージよりも一回り大きい、HOというスケールのC57の1号機の模型なのです。これが、なかなか見つからなくて、手に入らないのですよ。雨宮は、手に入らないとなると、かえってほしくなるらしく、何とかして、手に入れたいと、いつも、そういっていたんです。ところが、雨宮がインターネットを見ていたら、HOゲージのC57の1号機が売りに出されているのを、見つけたのです。特別仕様で精密に作られている。そんな言葉が添えてあったそうです。雨宮は、もちろん大喜びで、僕に電話をしてきて、ぜひ、それを、手に入れたいと思って、値段を見たら、五十万円に、なっているというのです」

「五十万円ですか。鉄道模型といっても、ずいぶん、高いものですね」

「今いったように、C57形のなかでも、1号機は、特別な形をしていますから、なかなか手に入らない貴重なものなんです。それに、Nゲージはプラスチック製ですが、HOは金属でできていますから、重量感があって、本物に近く、見ているだけでも、楽しいんですよ。それで、雨宮は、すぐ五十万円を、売りに出している、河野博史という人に送ったんです」

大野が、いったので、十津川は、びっくりしてしまった。

「ちょっと待ってくださいよ。五十万円もの大金を、模型と、引き換えに渡したのではなくて、いきなり相手に、送金してしまったんですか？　インターネットの取り引きでは、普通そんなことは、考えられないんじゃありませんか？」

「ええ、普通では考えられません。でも、雨宮にしてみれば、滅多に手に入らない貴重な模型ですからね。おそらく、自分と同じような鉄道マニアが、すぐ売り主の河野博史さんに、連絡を取るだろう。そうなると、手に入らなくなる恐れがある。それで、少しばかり、危険だと思いながらも、五十万円の代金を、すぐに振り込んだというのです」

「それで、問題の模型は、送られてきたんですか？」

「ええ、三日後に送られてきたと、雨宮は、いっていました。僕も、興味があったので、彼の家に、見にいきましたよ。がっかりしました。ネットに載っていた、写真とは、似ても似つかない、どこにでもある普通のC57形の模型でした」

「普通のということは、さっき、大野さんがおっしゃっていた、1号機ではなかったということですね？」

「ええ、そうなんです。あの三条件を、まったく満たしていないうえにかなり粗雑で、それなのに、プレートだけは、C57の1という1号機のプレートが、取りつけてあるのです。雨宮が怒りましてね。すぐに、電話をかけたんですが、河野博史という人は、電話に出ないのですよ。いんちきがばれたので、逃げ出したとしか思えない。それで、雨宮は、なおさら、怒りましてね。その後、どうやって見つけたのかは、わかりませんが、一週間後の今日、電話があって、河野博史を見つけたというのです。世田谷区代田《だいた》のマンションに住んでいるので、これから五十万円を返してもらいにいくから、一緒についてきてくれ。雨宮から、そういわれましてね。雨宮と一緒に、昼すぎに、そのマンションにいき、河野博史という男に会いました。彼の部屋には、小さな工具や、エアブラシなどが置いてあって、簡単に手に入る普通のC57形機関車を買ってきては、それに、自分で作った

Ｃ571というプレートを、取りつけて、五十万円で、売りつけていたらしいです。雨宮は、そんな工具類を、見ると、なおさら腹が、立ったらしくて、今すぐ五十万円を、返してくれといって、送られてきた模型を、河野博史に向かって、投げつけたんですよ。そうしたら、相手は急に開き直って、壊れた模型は、買い取れないとか、騙されるほうが悪いんだみたいなことまでいわれて、雨宮は、かっとしてしまったようで、そこにあったスパナで、いきなり殴りつけたんです。僕が慌てて止めに入るまでに、何回殴ったのかはわかりませんが、頭から血を噴き出して、ぐったりとなってしまったので、僕はすぐに一一九番して、救急車に、きてもらったんです」

「その間に、あなたの友だち、確か、雨宮さんでしたね？　彼は、逃げてしまったんですね？」

「そうです。救急車を呼んだりしているうちに、気がついたら、雨宮は、姿を消してしまっていました。どこにいったのかわかりません」

「雨宮健一さんの写真は、持っていますか？」

「持っていませんが、家に帰れば、あるはずです」

緊急手術は、続いていて、十津川が、きくと、あと数時間は、かかる。そんな大手術で、しかも、成功するかどうかも、わからないという。

そこで、十津川は、亀井刑事に、待合室に残ってもらい、大野修を連れて、彼が住んでいる三鷹にいくことにした。

大野修の住いは、中央線三鷹駅から、車で十二、三分のマンションだった。1LDKの部屋で、ひとり者の男らしく、テレビやパソコンはあるが、ほかの調度品は、ひと目で、安物とわかるようなものだった。

ほかの若者と違う感じは、手作りのNゲージの、ジオラマが、部屋一面に、飾ってあることだった。

十津川は、雨宮健一の写真を、見せてもらった。大野修と二人で、写っている写真である。雨宮は痩せ形の、一見すると神経質そうな感じの男だった。

「これは、今年の連休の時に、北海道《ほっかいどう》に、SL列車を撮影にいった時の写真です」

十津川は、その写真を、借りることにした。

次に、大野に、同行してもらったのは、河野博史という被害者が住んでいる世田谷区代田のマンションである。

パトカーに大野を乗せて、甲州《こうしゅう》街道《かいどう》を新宿《しんじゅく》方面に、向かって走った。

甲州街道とは、道路を一つ隔《へだ》てたところにある、コーポ代田橋《だいたばし》というマンションの五〇四号室が、河野博史の、住居だった。

部屋を、管理人に、開けてもらって、なかに入った。

こちらは、2DKの部屋である。

その洋間のほうに、大野がいっていたように、小型の工作機械が、ところ狭しと、並んでいた。

十津川は、ここにくる途中、鑑識にも、連絡しておいたので、五、六分すると、鑑識が到着して、部屋に入ってきた。

部屋の壁には、血痕らしきものが、飛び散っている。

凶器として使われたスパナが、部屋の隅にあることを、大野が、教えてくれたので、明らかに血痕が付着しているその凶器も、鑑識に調べてもらうことにした。

もう一つ、十津川が、部屋の隅で見つけたのは、今回の事件の発端になったという、蒸気機関車と、同じ模型である。確かに、正面には、C571という、1号機を表すプレートが、ついていたが、大野が見せてくれた写真のSLとは、細《こま》かい部分が、違っていた。

十津川は、そのＳＬの模型も押収することにした。

また、押し入れには、段ボールの箱がいくつかあり、なかに、ＳＬや電気機関車、客車の模型が、たくさん、入っていた。

「もう一度、確認しておきたいのですが、さっき、病院で、あなたが話してくれたことは、本当ですか？　嘘じゃ、ありませんよね？」

十津川は、大野にきいた。

「ええ、本当です。嘘はついていません」

「雨宮健一というお友だちは、どういう性格の、人間ですか？」

十津川は、大野修と二人で、写っている写真に目をやりながら、きいた。

写真のなかの二人は、リュックサックを、背負い、どこかの、土手の上だろう、そこに、三脚を立ててカメラを構えて、間もなく通るであろう目当てのＳＬを、待ち構えている。そんな雰囲気が、伝わってくる写真だった。

大野の話では、雨宮健一は、身長百七十五センチくらいで、年齢は、自分と同じ二十六歳だという。

「雨宮健一は、ＳＬと旅行が好きな男で、大学を中退すると、ジャパントラベルという、旅行会社に就職しているんです。新宿の営業所に、配属されていたんですが、僕が、たまたまその営業所にいって、旅行プランについて、相談をした時、相談に乗ってくれたのが、雨宮だったんです。それが縁で知り合って、すぐ、仲よくなりました。僕なんかは、普通の鉄道ファンですが、雨宮は、マニアックなファンで、何かほしいものがあると、どうやってでも手に入れようとします。どこかの小さな私鉄会社が潰れて、いろいろなグッズが売りに出されるとすると、徹夜で、並んでも、自分のほしいものを、買ってくるんですよ。今回、こんなことに、なってしまったのは、最初から、暴力をふるうつもりなんかなくて、騙されたという口惜しさ、やっと手に入ると思っていたＨＯの、Ｃ57の１の模型が、手に入らなくなってしまった。そんな思いが重なって、思わず、かっとなったんだと思いますね。普段は、温厚なおとなしい男ですよ。決して、他人に、暴力をふるうような男じゃありません」

と、大野は、いった。

「雨宮健一が、今どこにいるか、見当はつきませんか？」

「僕と雨宮とのつき合いは、今もお話ししたように、たまたま、旅行の相談をしたことから始まったんですよ。二人とも、旅行が好きなので、一緒にいったことも、何度かありますが、彼が普段どんな生活をしているのかもわからないし、両親が健在なのかどうかもわかりません。どこの生まれなのかも、しらないんです」

「雨宮健一の住所は、わかりますか？」

「それならわかります。二回ほど、いったことがありますから。中央線の吉祥《きちじよう》寺《じ》駅近くのマンションです」

「そこに案内してください。そのマンションを調べれば、雨宮健一が、どこにいったのか、ひょっとすると、わかるかもしれませんから」

再びパトカーに、大野修を乗せて、吉祥寺に向かった。

その途中で、十津川は、K病院にいる亀井に、電話をかけてみた。手術の結果が、しりたかったからである。

しかし、六時間を経過した今でも、手術は、まだ続いているという。

大野に、案内されたのは、井《い》の頭《かしら》公園の近くの、マンションだった。

こちらは、五階建てのマンションの二〇八号室だった。１Ｋの狭い部屋である。

それでも、鉄道ファンらしく、手作りの棚には、さまざまな、ＳＬや電気機関車の模型が並んでいたし、机の上には、プロ用のカメラが、二台も置かれている。おそらく、給料のほとんどを、こうした、模型やカメラ、旅行に、つぎこんでいるのだろう。

携帯電話も見つかった。

十津川が取りあげて、キーを押すと、三十八件の名前と、電話番号が出てきた。

そのなかには、大野修の名前も、あったし、雨宮健一の勤めている、ジャパントラベルの電話番号もあった。

十津川は、そのほか三十六人の番号に、片っ端から電話をかけてみることにした。

そのほとんどが、鉄道ファンというのか、鉄道マニアというのか、そういう友人たちだった。

十津川が、事件のことを隠して、雨宮健一の、いきそうな場所をしらないかと、きいたためか、全員が、彼が、どこにいったかはわからないし、想像もできないと答えた。

窓に目をやると、鳥籠がぶらさがっていて、その籠には、十姉妹《じゅうしまつ》が二羽、入っていた。たぶん、オスとメスなのだろう。

「雨宮健一という人は、小鳥が好きなんですか?」

十津川が、きくと、

「雨宮は、動物が好きなんです。でも、このマンションでは、猫や犬は飼えないので、小鳥を、飼っているんだといっていました」

机の上には、本立てがあって、十四、五冊の本が、並んでいた。そのほとんどが、SLの写真集や、鉄道関係の本である。ほかには『小鳥の飼い方』とか『日本の野鳥』などといった本が三冊、並んでいるだけだった。

最後に、十津川は、押し入れを調べた。

上段には、布団や枕などがほうりこんであり、下段には、段ボール箱が二つ入っていて、片方には、旅行に使うようなバッグやスニーカーなどが、押しこんであったが、もう一つの段ボール箱には、なぜか、真っ赤なボクシングの練習用のグローブが、入っていた。

十津川は、そのグローブを手に取って、

「雨宮健一は、ボクシングを、やっているんですか?」

と、大野に、きいた。

「高校時代に、一時、ボクシングをやっていたという話を、きいたことがあります。まったくものにならなかったと、いっていました。何でも、中学三年生の頃に、苛めに遭《あ》ったことがあって、何とかして、相手をやっつけてやろうと思って、ボクシングを、始めたらしいんですよ」

「しかし、こうして、練習用のグローブを持っているところを見ると、今でも、隠れて練習をしているんじゃありませんか？」

「それは、僕にもわかりませんが、そんなことはないと思いますね」

大野が、いい、そのあとで、腕時計を、見ながら、

「もう一度、病院に、いってみたいのですが、構いませんか？」

「結構ですよ。いろいろとありがとうございました」

十津川は、礼をいった。

大野修とわかれたあと、十津川は、世田谷警察署に向かった。

午後十時をすぎても、依然として、手術は続いているという。したがって、現在の容疑は殺人未遂である。

世田谷警察署のなかに、捜査本部が置かれることになった。

十一時五十六分、K病院にいる、亀井から、河野博史、三十歳が、亡《な》くなったとしらせてきた。これで、雨宮健一の容疑は、殺人未遂から殺人になった。

十津川は、深夜だったが、もう一度、K病院に向かった。

まず、死亡診断書を見せてもらう。その後、死んだ河野博史の手術を、担当した伊地知《いぢち》という医師に、質問をした。

「亡くなった河野博史さんは、この病院に、救急車で午後三時すぎに運ばれてきたわけですね？」

「そうです。正確な時間は、十一月二十日の午後三時六分です」

書類のページを、繰りながら、伊地知が、答える。

「救急車で、河野博史を、こちらに運んだ大野修さんですが、もう一度、病院にいくといっていましたが、姿が見えませんね」

十津川が、いうと、伊地知は、

「大野さんは、疲れ切って、一度、自宅に帰って、仮眠を取ってくると、いってました」

「大野修さんから、先生は、自分の友だちが、相手を、スパナで殴った。それも、滅多打ちにした。そう、おききになったわけですね？」

「そうです」

「患者を見て、そのとおりだと、思われましたか？」

「怪我の状態からだけでは、凶器がスパナかどうかまでは、判断できませんが、鉄棒のような、何か硬いもので何度も、殴られたのは間違いないでしょうね。そのために頭蓋骨が陥没し、血管の何本かが、切れていました」

「もう一度、確認しますが、友人が、スパナで、何度も殴りつけたので、頭蓋骨が陥没した。大野修さんは、そう、いっているのですが、この証言は、間違っていないわけですね？」

「大野修さんの証言は、そのとおりだと思いますよ」

「救急車で運ばれてきた時には、すでに意識がなかったんですね？」

「ええ、意識不明の、状態でした」

「すぐ手術に取りかかったということですが、手術の途中で、意識を取り戻したという瞬間は、ありませんでしたか？」

「残念ながら、一度も、ありませんでした。最初から最後まで、意識不明のままでした」

「手術には、かなり長く時間がかかりましたね？」

「ええ、八時間三十分かかりました」

「その間、一度も意識を取り戻すことは、なかったわけですね？」

「そのとおりです」

伊地知が、うなずいた。

十津川は、死んだ河野博史の所持品を、見せてもらうことにした。

河野博史は、ズボンとセーターを着て、その上から上着を羽織っていたが、靴は、履いていなかったという。

それは当然だろう。河野博史は、自宅の居間で、大野修の友人、雨宮健一に、スパナで殴られて倒れ、そのまま救急車で、このK病院に、運ばれてきたからである。

上着のポケットには、運転免許証と、今年の手帳が、入っていた。十津川は、そのすべてを、捜査本部に持ち帰ることにした。

十津川は、初めに、手帳に、じっくり目を通すことにした。

すでに十一月二十日から二十一日、日曜日の午前一時半に、なっていた。

今年も、あと一カ月と、十日ほどしかない。だから、年別のこの手帳は、ほとんどのページが、すでに、何らかのメモで埋められている。

一月一日のページから、ゆっくりと、目を通していく。それでわかったことが、いくつかあった。

その一つは、河野博史という男が、これといった職業に就くこともなく、もっぱら、インターネットを使って、詐欺まがいの商売をしていたらしいということだった。

メモには、雨宮健一以外にも三人の鉄道ファンに、偽物のC57 1号機の模型を売りつけたことが書かれていた。

河野博史は、すぐ手に入る大量生産型の客車や電気機関車、あるいは、SLの模型を買ってきては、それを、日本に一台しかないような昭和二、三年頃の車両に作り変えたり、滅多に手に入らないような模型に改造して、インターネットを通じて高値で売りつけていたらしいのだ。

十津川は、その手帳を、亀井刑事にも、見せた。

「目を通したら、カメさんの感想を、きかせてくれ」

亀井は、一時間近くかけて、じっくりと目を通したあと、

「この河野博史も、ある意味で、鉄道マニアといってもいいのではありませんか？」

「なるほどね。カメさんは、そんなふうに思うのか」

「何しろ、この手帳に書かれていることのほとんどが、鉄道模型のことじゃあり

ませんか？　一般に売られているNゲージとHOの客車、SL、電気機関車を買ってきては、希少価値のある、誰もがほしがるようなSLや電気機関車、客車に、改造して、高く、売りつけていたわけです。今回は、雨宮健一という、鉄道マニアが、C57の1号機について、やたらに、詳しかったので、いんちきがばれて、こんなことに、なったんですが、この手帳には、ほかにも、いろいろなSLや客車を作っては、鉄道マニアを騙して、売りつけていたことが書かれています。多くの鉄道マニアは、河野博史から買った模型が、本物と思って、大金を出して買っていたわけです。そうなると、河野博史という男も、鉄道に、詳しくて、その上、改造する力を持っていたということになります。ひょっとすると、昔は、まともな鉄道マニア、あるいは、模型マニアだったんじゃないか？　そんなことも、考えてしまうんです」

「そういえば、河野博史のマンションにいった時、押し入れに、段ボールの箱がいくつかあってね、なかに、SLや電気機関車や客車の模型が、たくさん、入っていた。それを、部屋にあった小型の工具を使って、希少価値のあるものに、作り変えてから、インターネットを通じて、売り捌いていたんだ」

その時、十津川の携帯電話が鳴った。電話をかけてきたのは、大野修だった。

「こんな時間にお電話して、申しわけありません」

と、大野が、いう。

「いや、構いませんよ。何かあったんですか？」

「明日というか、正確には、もう今日ですね。二十一日の日曜日です。もしかすると、雨宮は、山口《やまぐち》にいくかも、しれませんよ」

「山口県ですか？」

「そうです」

「山口は、雨宮健一の故郷か何かですか？」

「そういうことじゃありませんが、最近、雨宮は、例のC57の1号機というSLに、やたらに、凝っていましてね。その執着ぶりは、尋常ではなかったのです。あのSLの写真を見ていると、鉄の塊なのに、貴婦人のような優しさがあって、癒される。一度見たら、虜になってしまう。雨宮は、よく、そういっていたんです。そんなこともあって、SLの偽物を売りつけた河野博史に腹を立て、こんなことになってしまったのですが、今日の日曜日は、山口県内で『SLやまぐち号』というSL列車が走るんですよ。その『SLやまぐち号』を、牽引《けんいん》するのが、例の、C57の1号機なんです。JR山口線の、新山口から津和野《つわの》までを一日一往復、C57の1号機が、走るんです」

「雨宮健一が、それを、見にいくということですか？　しかし、なぜ、今日だと思うのですか？」

「山口線で『SLやまぐち号』が走るのは、毎年四月から十一月までの、七カ月間なのですが、今日、十一月二十一日の日曜日が、今年の最後の運行日に当たるんです。今日一往復したあとは、来年の四月まで、C57の1号機は、しばらく走りません。ですから、雨宮が、それを見にいく確率が、かなり高いのではないかと考えたので、遅い時間で、申しわけないと思いましたが、捜査の参考に、なればと思ってお電話したんです」

「わかりました。わざわざ、ありがとうございます。大野さんに、お願いがあるのですが『SLやまぐち号』の資料をお持ちでしたら、メールで、こちらに、送ってもらえませんか？　それを見てから、われわれも態度を決めたいと思いますから」

と、十津川が、いった。
五、六分して、大野修から、メールが、送られてきた。
C57 1号機の写真が、ふんだんに入った「SLやまぐち号」のいわばパンフレットである。

メールから、プリントアウトした、十枚の最初に、Ｃ57形というＳＬの、説明があった。

２

〈動輪の直径１・７５メートル、重量１１５・５トンである。昭和十二年から終戦直後の昭和二十二年までに、全部で、二百一両が製造された。

Ｃ57形は、小型で、牽引力があって、しかも、スピードの出るＳＬをということで製造された。九州《きゅうしゅう》で『かもめ』や『さくら』といった列車の牽引をしていたが、晩年は、貨物を牽引するなどの活躍をしてきた。

その後、Ｃ57１号機は、京都《きょうと》の梅小路《うめこうじ》機関区に、動態保存されていたが、昭和五十四年に、山口線の『ＳＬやまぐち号』を、牽引することになった。

同形のＣ57１８０号機は、会津若松《あいづわかまつ》で『ＳＬばんえつ物語号』として活躍している。

現在、C57 1号機は、山口線の、新山口（旧・小郡《おごおり》）から津和野までの区間を、四月から十一月の土日に、限って、往復している。

このC57 1号機は、一時SLが全国の路線から引退したあと、蒸気機関車保存運転が開始された最初の機関車で、山口線で、このC57 1号機が、動き始めてから、三十周年を迎えた。C57 1号機は、昭和十二年に、製造されているので、すでに、七十三年を超えていることになる。

山口線では、新山口から津和野まで、62・9キロを走る〉

このSL列車の、一日の往復の時刻表が、載っていた。

このC57 1号機の撮影者向けには『SLやまぐち号』を、どこで撮影したら、一番素晴らしい写真が、撮れるか、撮影ポイントの案内がパンフレットに載っている。地図と写真、イラストで、ポイントのガイドが載っていた。

雨宮健一が、大野のいうとおり、今日十一月二十一日の日曜日に、山口へいき、C57 1号機を撮影するつもりだとしたら、このパンフレットにある、撮影ポイントのどこかで、カメラを、構えるに、違いなかった。

パンフレットには、撮影に最適な地点として、一番から二十番までのポイントが、挙《あ》げられている。

雨宮健一がカメラを持って、今日、C571号機が、山口線を走る最終日にいくとしたら、一番から二十番までの撮影地点の、どこにいくだろうか？

十津川は、それをしりたくて、仔細に調べていった。

第一の地点、大歳《おおとし》から仁保津《にほづ》の間の説明には、こうあった。

〈新山口から宮野《みやの》までは、平坦なところが大半で、その上、住宅地も多いので、どうしても、煙も控え目になる。そのため、SLならではの、迫力あるシーンを、撮影できるポイントは、非常に少ない。

国道九号線を、山口市街から小郡方面に向かっていくと、唯一の撮影ポイントである第一のポイントに至る。ここは、上り9522レ向きのポイントだ。

山口市内の旧小郡町の境付近で、国道沿いにある、広い空き地が目印である。

直線区間なので、全編成を入れて撮れるが、この区間は、列車のスピードが速いので、シャッターチャンスを、逃さないように〉

第二の地点は、宮野から仁保《にほ》となっていて、この地点の説明は、次のとおりである。

〈25パーミル（千分の二十五）ののぼり勾配《こうばい》に差しかかった『SLやまぐち号』が、最初に姿を現すのは、定番の大山路《おおやまじ》踏切である。このあたり、列車のスピードは比較的速いが、煙が期待できるポイントだ。緩やかなS字になっていて、周辺は田畑なので、さまざまな角度から、うまくまとめて撮ることができる。やや踏切寄りの場所から300ミリ以上のレンズを使って、正面から撮るのがいいだろう。快晴だったら、踏切の南側から、広角レンズで、青空とSLを絡めて写してみるのもいい。

人気のポイントなので、三脚で通行の妨げにならぬよう。また、田んぼや畑への無断立ち入りは厳禁である。

なお、この撮影地点付近は、車の進入及び駐車は禁止になっているので、この点にも注意すること。地域住民の迷惑にならないよう、充分配慮してほしい〉

ほかにもまだ、そそられるような、撮影地点がいくつもある。

例えば、第十二地点、地福《じふく》から鍋倉《なべくら》まで、この区間の説明は、こうなっている。

〈『SLやまぐち号』は、地福で、乗客への記念撮影タイムとして、数分間の停車をする。この時、発車シーンが狙えるのが津和野寄りの踏切で、周囲が田んぼに囲まれた、のどかな風景である。少し高い角度で撮影できるポジションもあるので、広がりのある構図で撮ることもできる。

レンズは、70〜200ミリ程度が最適だ。風が強いと、煙が暴れるので、風向きや天候を考慮して、対処したい。

さらに、津和野寄りの鉄橋は、道路の橋でサイドから狙える〉

最後の第二十地点は、津和野から船平山《ふなひらやま》までである。

〈『SLやまぐち号』は、津和野を発車するとすぐに、津和野大橋に差しかかる。市街地の中心に近く、SLの通過時刻ともなると、手を振る観光客の姿も多く見受けられる。SLのほうも、その声援に応えて、汽笛を鳴らす。

この津和野大橋を渡る姿を、少し離れた川沿いの広場から撮影するのが、第二十番目のポイントである。

津和野稲荷《いなり》神社の道路沿いを真っ直ぐにいった場所なので、わかりやすく、広場には、駐車のためのスペースもある〉

懇切丁寧《こんせつていねい》に、撮影のマナーも書いてある。

〈『SLやまぐち号』は、新山口を発車すると、湯田《ゆだ》温泉、山口と比較的平坦な区間をすぎる。勾配に差しかかるのは、宮野の先からである。

田代《たしろ》トンネルを頂点とする急勾配を喘《あえ》ぎながら、盛大に煙を吐いて、疾走する『SLやまぐち号』の姿は、まさに圧巻である。

この峠を越えると、列車は一路、阿東《あとう》高原を軽やかに走り津和野に向かう。

『SLやまぐち号』は、基本的にC57 1号機と、レトロ調の客車三両で運行される列車だが、毎年夏季には、C56 160号機との重連《じゅうれん》運転も見られる。

重連運転では、マイテ49 1等展望車を増結する。

『SLやまぐち号』では、C57 1号機に集煙装置をつけた姿が基本となるが、最近、ゴールデンウィーク、夏季、秋季などの観光シーズンやイベント時には、ファンサービスとして集煙装置を外して走行するため、C57形らしい姿が見られることも多い。

今回紹介した撮影ポイントは、いずれも安全で、撮影のしやすい場所だが、鉄道用地への立ち入りや違法駐車、私有地・農地への無断立ち入りなどはないようマナーを守って撮影に臨《のぞ》んでほしい〉

この一番から二十番までの、撮影ポイントには、そこで写した写真も載っている。どれも、SLファンにとっては、素晴らしい写真である。

もし、雨宮健一が、今日「SLやまぐち号」の写真を撮りにいくとしたら、この一番から二十番までの撮影ポイントのどこにいくだろうか？

読み返してみると、どのポイントでもいい写真が撮れそうである。

すでに深夜になっていたが、十津川は三上本部長に頼んで、急遽、捜査会議を開いてもらった。

そこで、この十枚の、写真と地図、イラストの入ったパンフレットを、一番から二十番まで順番に並べて、壁に張っていった。

「これはあくまでも、河野博史を殺した雨宮健一が、今日の日曜日、山口に『SLやまぐち号』の写真を、撮りにいくとしての話ですが、雨宮は新山口から津和野まで、六十二・九キロメートルのどこかで、C57の1号機が牽引する列車の写真を、撮るはずです。どの地点も、説明によれば『SLやまぐち号』をカメラに収めるためには、最適な場所のように、書かれていますし、どの写真も素晴らしいと、思います。それで、われわれも、今日、山口にいってみようと、思っているのですが、沿線のどこで、雨宮健一が写真を撮るのか？　それを、考えてみたいと思います」

十津川が、三上本部長に、いった。

三上本部長は、壁に、並べて張った写真を一枚ずつ、見ていった。

「君がいうように、どの写真を見ても、素晴らしい角度で『SLやまぐち号』を、撮っているじゃないか。素人の私が見てもよくわかるよ。しかし、このうち、どの写真が最高で、雨宮健一が、どの場所を気に入ったか、ここでは、判断がつかないな」

「そのとおりです。私は、旅行が好きですが、SLに、特別な関心があるわけではありませんから、どういう角度で、SLを撮ったら、いい写真になるのか、まったく見当がつきません。それに、もし、雨宮健一が、向こうで、レンタカーを借りるとすれば『SLやまぐち号』を、その車で、追いかけながら、撮ることも、充分可能ですから、一カ所だけではなく、二カ所、三カ所ぐらいの、ポイントに、足を運ぶことが、できるはずです。本部長に、相談があるのですが、私を含めて十人で、山口へ、いかせていただきたいのです。ここには、撮影のポイントとして、二十カ所が挙げられています。十人でいけば、より多くのポイントを、同時にカバーすることができます」

「ほかには?」

「このパンフレットには『SLやまぐち号』の時刻表も載っています。この時刻表によりますと『SLやまぐち号』は、午前一〇時四七分に、新山口を発車し、終点の津和野に到着するのは、午後一二時四六分です。その津和野では、一五時二〇分、午後三時二十分まで休んで、今度は、新山口に向かって、戻っていきます。終点の新山口到着は、午後一七時〇四分です。雨宮が、この上りと下りの、どちらの『SLやまぐち号』を撮るつもりかもわかりません。その点も考慮し万全の態勢を敷いて、雨宮健一の逮捕に向かいたいと思っているのです」

捜査会議のあと、十津川は、自分を含めて十人の刑事を選び、今日二十一日、日曜日の、捜査に向けて、話し合った。

大野修が送ってくれたパンフレットを、人数分コピーして、十津川は、刑事たちに、配った。

そのあと、十津川は、集まった刑事たちに向かって、

「これから、出発まで、仮眠を取ってくれ。夜が明けたらすぐに、飛行機で、山口に向かう。もう一つ、雨宮健一の顔を覚えておくことが必要だ」

雨宮と大野の二人が写っている写真を、引き伸ばし、それも一枚ずつ、刑事たちに配った。

十津川も、しばらく、仮眠を取ることにした。

もし、山口に、雨宮健一が現れて、ＳＬを撮る気なら逮捕は比較的簡単かもしれない。雨宮健一が、山口に現れなかった場合はどうするのか？

十津川は、眠る前に、もう一度、Ｃ57１号機の写真に、目をやった。確かに、貴婦人と呼ばれるにふさわしい、美しいフォルムである。このＣ57１号機に、雨宮健一は、夢中になっていたらしい。

夜が明けてからも、このＣ57１号機に、雨宮健一が、夢中であってほしいと、十津川は、思った。そうなれば向こうで、この男に、会えるだろう。

SLやまぐち号時刻表（平成22年運行）

下り		上り	
新山口	10：47	津和野	15：20
湯田温泉	11：02	徳　佐	15：41
山　口	11：08	鍋　倉	15：47
仁　保	11：29	地　福	（通過）
篠　目	11：52	長門峡	16：06
長門峡	11：58	篠　目	16：16
地　福	12：17	仁　保	（通過）
鍋　倉	12：22	山　口	16：41
徳　佐	12：29	湯田温泉	16：46
津和野	12：46	新山口	17：04

第二章　撮影ポイント

1

十一月二十一日、日曜日、晴れ。

十津川は、九人の刑事にひとり加えて、十人で、山口行を決めた。子供の頃から鉄道が好きで「SLやまぐち号」に乗ったことがあるという、若い小笠原刑事を連れていくことにしたのである。

十津川を入れて合計十一人で、午前六時三五分羽田《はねだ》発の全日空機で、山口宇部《うべ》空港に向かった。

定刻の八時二〇分に五分遅れて、山口宇部空港に、到着した。空港には、山口県警の太田という警部が、迎えにきてくれていた。

十津川と亀井の二人が、太田警部と一緒に県警の、パトカーに乗り、残りの刑事たちは、県警が用意してくれたマイクロバスで、山口市内に、向かった。

十津川たちが、山口県警本部に着いたのは、九時を十分ほど、回っていた。

まず県警本部長に、挨拶し、その後、今日一日の捜査についての、打ち合わせが始まった。

十津川は、まず、小笠原を除いて、自分を含めた十人の刑事を二人一組にして、五つにわけた。それに、土地鑑のある県警の刑事が五人、ひとりずつ参加して、三人のグループを五つ作ることを提案した。

一方、改めて検討したのは「ＳＬやまぐち号」の時刻表である。

午前一〇時四七分に新山口駅を発車するこの列車は、終点の津和野には、一二時四六分に到着する。停車駅の数は、全部で十である。

しかし、この列車を撮影するポイントは、二十あるといわれている。

「私は十の駅よりも、二十ある撮影ポイントのほうを、重視して警戒するべきだと考えています」

十津川は、県警本部長に、いった。

「それで、どうやって、警戒するんですか？」

県警本部長が、きく。

「三人ずつのグループを五つ作りましたので、第一の撮影ポイントから、第五の撮影ポイントまで配置します。何事もなく列車が通過した場合は、第一の撮影ポイントにいた三人が、すぐに第六の撮影ポイントに移動し、第二の撮影ポイントにいた三人は、第七の撮影ポイントに移動します。そうやって、最後の撮影ポイントまで、三人ずつで、監視することにしたいのです」

十津川が、答えると、十津川に協力してくれることになっている県警本部の太田警部が、

「問題の雨宮健一ですが、撮影ポイントからではなく『SLやまぐち号』の車内で写真を撮るかもしれませんね。その場合は、どうしますか？」

「その可能性も無視できません。それで鉄道好きで前に一度『SLやまぐち号』に乗ったことがあるという小笠原刑事を連れてきました。そちらからもひとり、どなたか『SLやまぐち号』に詳しい刑事を、出してくだされば、この二人で『SLやまぐち号』に、乗りこませようと思っています」

県警からは、新田刑事という、二十七歳の若い刑事が選ばれ、小笠原刑事とコンビを組んで、今日一日「SLやまぐち号」の車内で、警戒に、当たることにな

った。

「問題は、容疑者の雨宮健一が、この二十ある撮影ポイントのなかの、いったい、どこに現れるのか、それとも『SLやまぐち号』の車内に現れるのかということにつきると思うのですが、十津川さんは、どう考えておられるんですか?」

太田警部にきかれて、十津川は、時刻表に目をやった。

「私は、新山口駅から三つ目の、仁保駅に注目しています」

「仁保駅? 小さな駅ですが、どうしてですか?」

「理由は、あります。この仁保駅の周辺が、第二から第六の撮影ポイントまで、実に五つもの撮影ポイントになっているということです。つまり、この周辺が『SLやまぐち号』を撮影するためには、絶好なポイントだということでしょう。雨宮健一が、今日『SLやまぐち号』の写真を、撮りに現れるとすれば、この仁保駅周辺の第二から第六の五つの撮影ポイントのどこかに、現れるのではないかと、予測しています」

十津川の言葉に、鉄道マニアの小笠原刑事が、

「十津川警部のおっしゃるように、仁保駅では、上り列車との待ち合わせで、数分間、停車します。山口線は、単線ですから、新山口から津和野にいく『SLや

まぐち号』は、仁保駅で一般の列車と待ち合わせをするのです。私が乗った時も、先に『ＳＬやまぐち号』が着いて停車し、あとから一般列車がやってくるのを待っていましたから、今でも同じだろうと思われます」

「しかし、乗客の乗り降りは、ないんだろう？」

「それがですね『ＳＬやまぐち号』はあくまでも、観光列車ですから、仁保駅に停車している間に、ドアが開いて、ホームに降りた乗客たちが、思い思いに、写真を撮っていました。今日も、仁保駅では乗客が降りて、ホームから、写真を撮るだろうと思います」

と、小笠原刑事が、いった。

（それなら、なおさら、雨宮健一が、この仁保駅の周辺で、撮影する可能性が高いな）

と、十津川は、思った。

「走行中の、雄姿を撮る、撮影ポイントからは、外れていますが、私たち三人は、最初にこの仁保駅の近くで張り込んでいたいと思います」

と、十津川が、いった。

午前十時に、まず「ＳＬやまぐち号」に乗車するために、小笠原と新田の若い刑事二人が、新山口駅に向かって、出発した。

県警本部では、刑事たちのグループが、二十の撮影ポイントを、移動するために、五台の車を用意した。すべて、刑事たちの、自家用車である。覆面パトカーでは、見破られてしまう可能性を考えて、刑事たちの自家用車を使うことにしたのである。

五台の車に乗って、刑事たちは、それぞれが、割り当てられた撮影ポイントに向かった。

十津川と亀井の二人は、太田警部の車で、仁保駅に向かった。

2

途中、線路に平行する道路には、縦に車が五台六台と、駐車していた。

いずれも、今日「SLやまぐち号」を撮影するために、全国からやってきた鉄道マニアたちの、車らしい。地元ナンバーの車もあれば、九州や、名古屋《なごや》、大阪《おおさか》のナンバーもある。

仁保駅が見える場所にも、五、六台の車が駐まっていた。

十津川たちも「SLやまぐち号」を撮影しにきた鉄道マニアを装って、カメラと三脚を持っていった。

駅とホームが見下ろせる高台は、カメラを持った十五、六人の男女が、占領していた。

ホームにもすでに、五、六人のマニアがいて、思い思いの場所に三脚を立てたり、ホームの端まで、歩いていって、これからやってくる「SLやまぐち号」に向かって、早々と、カメラを構えていた。

ホームは島式で、両側に線路がある。確かに小笠原刑事がいっていたように、ここで「SLやまぐち号」は、一般の列車と、待ち合わせをするのだろう。

逆方向を見ると、トンネルの入口が近くに見える。そこで、三脚を構えているマニアもいる。何とも危なっかしい位置だが、当人は、平気なのだろう。

時刻表によれば「SLやまぐち号」が仁保駅を発車するのは、一一時二九分である。それまでには、まだ三十分近い時間があった。

カメラを持った人たちの数が、時間とともに、増えていく。

「噂には、きいていましたが、確かに、大変な人気ですね」

亀井が、感心している。

しかし、いくら目を凝らしても雨宮健一の姿はない。日は明るいのだが、さすがに、十一月の下旬である。風が冷たい。

三脚を立て、そのそばで、持参してきた魔法瓶から、熱いコーヒーを注《つ》いで、飲んでいる男もいる。

急に、遠くから、汽笛がきこえた。まもなく「SLやまぐち号」が、この仁保駅に、到着するという合図だろう。

やがて黒煙を、激しく吐き出しながら、真っ黒な「SLやまぐち号」が、その優美な姿を現した。

線路の脇に三脚を立て、座ってコーヒーを飲んでいた男が、魔法瓶の蓋を、閉めると、慌てて、カメラを覗きこんでいる。

三両の客車を引っ張ってきた「SLやまぐち号」が、ホームに入ってきた。

停車すると、客車のドアが開いて、乗客が、ホームに降りてきた。

乗客たちのなかには、ホームに降りて、背伸びをしたり、ここまで乗ってきた「SLやまぐち号」を背景にして、お互いに、写真を撮り合っている家族連れや、カップルの、姿があった。

機関士の助手が、スコップで、石炭を一生懸命に、罐《かま》にくべている。このあたりは、勾配《こうばい》がかなりきついので、そのための準備なのだろう。

五、六分してホームの反対側に、山口にいく一両編成の気動車が入ってきた。「ＳＬやまぐち号」からホームに降りた乗客のなかに、十津川は、小笠原刑事の姿を、見つけた。

小笠原のほうでも、高台にいる十津川を発見したと見えて、こちらに向かって、両手で×印を、作って示している。「ＳＬやまぐち号」の、三両の客車のなかには、雨宮健一の姿がないことを、十津川に、しらせようとしているのだろう。

山口にいく一両編成の気動車がホームを離れると「ＳＬやまぐち号」の乗客も、客車に戻っていく。

突然、ひときわ大きな汽笛が鳴った。機関士が、集まっている撮影者のために、サービスして、汽笛を、必要以上に大きく長く鳴らしたようだ。「ＳＬやまぐち号」は、ゆっくりと動き出した。すぐ、トンネルに入っていくのだが、途端に、猛烈に、黒煙を吐きだした。

高台で、列車を撮っていた人たちに、トンネルで押し返された黒煙が降りかかってくる。

十津川の周囲で、悲鳴があがった。悲鳴のなかに、笑い声が混ざっている。マニアたちはこの光景を、楽しんでいるのだ。

十津川たちは、すぐ、車に戻り、次の撮影ポイント、順番でいけば、第八の撮影ポイントに、向かった。

3

小笠原と新田の二人の刑事は、もう一度、三両の客車のなかを、歩いて往復した。

三両の客車は、それぞれ、明治時代の装飾を施した一両、大正時代の装飾を施したものが一両、そして、三両目は、昭和時代のものである。さすがに人気があるだけあって、どの車両も満席だった。

二人の刑事は、事情を説明して、特別に、乗せてもらったのである。

新山口駅を出てすぐ、二人の刑事は、三両の客車を回ってみたが、雨宮健一と思われる男は乗っていなかった。

仁保駅を出たあとは、篠目《しのめ》、長門峡《ちょうもんきょう》とすぎていくが、小笠原の持っている携帯電話には、依然として雨宮健一が見つかったというしらせは、入ってこない。

「ＳＬやまぐち号」は、一二時四六分、終点の津和野駅に到着した。

ここで転車台に載せ、機関車の方向を変えて、逆に新山口駅に向かう。

津和野駅を、出発するのは、一五時二〇分（午後三時二十分）である。

小笠原と新田は、乗降客、とりわけ、津和野から新たに乗ってくる乗客を、注意深く観察した。

しかし、そのなかに、雨宮健一と思われる男の姿はなかった。

二人は、津和野駅で駅弁を買い、列車のなかで食べることにした。

列車の方向を変える転車台は、全国に何カ所か残っているが、現実に、動いているところは、ほとんどない。それだけに、津和野の転車台の周辺にも、多くの鉄道マニアが集まって、盛んに、カメラを向けていた。特に、Ｃ57 1号機が、転車台で、方向を変える瞬間は、カメラのシャッターの音がうるさかった。

そのなかにも、雨宮健一の姿はなかった。

一五時二〇分「ＳＬやまぐち号」は、再び、新山口駅に向かって発車した。

これが、今年最後の走行なので、沿線で、カメラを構えている撮り鉄《とてつ》の姿がやたらに多い。

十津川と亀井、そして、県警の太田警部の三人のグループは、帰りの新山口行の場合も、四カ所で「SLやまぐち号」をカメラに収めながら、雨宮健一の姿を、追った。

復路に、三人が車を駐めたのは、撮影ポイントの、九番目の地点に当たる、長門峡の近くだった。

近くを国道九号線が走っている。その脇に車を駐め、十津川たちは、オレンジ色が美しい第一阿武《あぶ》川《かわ》橋梁の近くで「SLやまぐち号」が現れるのを、待った。

撮影ポイントの説明によると、この第一阿武川橋梁の、第九ポイントは、SLを撮る場所としては、定番中の定番だとある。鉄橋を通過する「SLやまぐち号」を撮るには、ここは、格好の場所とあった。そのため国道九号線には、車が、ずらりと駐まっていたし、三脚を持った鉄道マニアが、場所探しに走り回っていた。

「SLやまぐち号」が、第一阿武川橋梁を渡ってすぐの駅が、長門峡駅である。それで、駅のホームから、列車を狙うマニアもいるし、国道九号線に駐めた車のそばに、三脚を立てている人もいる。

また、河原に、おりていって、そこから、カメラを構えるマニアもいた。

十津川は、いかにも「SLやまぐち号」を撮影しにきた鉄道マニアらしく、盛んにカメラをいじっていたが、抜け目なく、橋梁の周辺に集まっている人たちの顔を、チェックしてもいた。

依然として、雨宮健一の姿は、どこにもない。

汽笛がきこえた。まもなく「SLやまぐち号」は、橋梁を、渡ってくるのである。

鉄道マニアたちが、いっせいに、カメラを構えて待ち受ける。

黒煙とともに「SLやまぐち号」が現れた。今日、何度このC57 1号機を見ただろうか？

（確かに、何度見ても『SLやまぐち号』には、心躍らせるものがある。これは、いったい何なのだろうか？）

と、十津川は、考えてしまう。

清潔で、正確でスピードが優先される、現代とは逆なものを感じさせる郷愁が、そこにはあるからか。真っ黒に汚れて、黒光りのする機関車が、必死に走っている姿が、けなげに、見えるのか。

戦後から新幹線が走るまで、全国の、どの路線でもSLが走っていた。

その頃のSLは、評判が、悪かった。トンネルに入ると、急いで窓を閉めないと、乗客の顔や洋服が煤《すす》で汚れてしまう。沿線の住人からは、洗濯物が汚れてしまうという苦情が相次いだ。昭和四十年代になって、日本全国の路線からSLが、姿を消していったのである。

ところが今、何カ所かの路線で、SLが復活して走っている。SLは、金がかかるし、整備が大変である。その代わりSLが走ると乗客や観光客が増えるというのだ。

どうして、SLがまた、復活したのか？　SLのどこが、人々の心を、引きつけるのだろうか？

十津川にも、その答えは、はっきりとはわからない。

第一阿武川橋梁を、通過した「SLやまぐち号」は、長門峡駅で停車した。

十津川たち三人は、急いで、車に戻り、次の撮影ポイントに、向かった。

この日「SLやまぐち号」は、定刻の一七時〇四分に、終点の新山口駅に、到着した。

車内に往復ともいた小笠原と、山口県警の新田は、雨宮健一の姿は見つからなかったと、十津川に、報告した。山口線沿いに、二十の撮影ポイントがあるといわれ、上り下りとも、そのすべての撮影ポイントに、刑事を張り込ませたのだが、結果は芳《かんば》しいものではなかった。

刑事たちは、疲れ切って、県警本部に、戻ってきた。どの顔にも、疲労が見えていて、その上、不安の陰も見ることができた。

警視庁から、十津川を入れて十一人の刑事が、県警からは、六人の刑事が、今回の捜査に、参加した。

それなのに、雨宮健一の姿を確認することはできなかった。

（だが）

と、十津川は、考えてしまう。

（雨宮健一は、本当に、現れなかったのだろうか？　もしかすると『SLやまぐち号』を撮影しに、現れていたのに、見すごしてしまったのでは、ないだろうか？　二十の撮影ポイントは、くまなく調べたが、はるか遠くの場所から、望遠レンズを使って、雨宮は『SLやまぐち号』を撮影していたのではないのか？）

もちろん、雨宮健一が、こなかったということも、考えられる。

何しろ、雨宮健一は東京で、河野博史という男を殺しているのである。どんなにC57 1号機に憧れていたとしても、人が集まる場所に、そう簡単に、姿を現すだろうか？

山口県警では、成果があがらずに、がっかりしている十津川たちに、夕食を用意して、慰めてくれた。山口名物というよりも、下関《しものせき》名物といったほうがいいかもしれない、フグ料理である。

十津川たちが、それを、食べている時に、電話が入った。

4

夕食をとっている時、十津川は、県警本部の空気が、急に変わったのを感じた。

携帯電話を使って、大声で話していた太田警部に、向かって、

「何かあったんですか？」

と、十津川が、きいた。

「事件です。たった今、殺人事件が、発生しました」

「まさか、山口線の沿線では、ないでしょうね？」

「それがですね、われわれが、昼間いった第一阿武川橋梁の近くで、死体が、発

見されたというのです。あの鉄橋の五百メートルほど上流ですが、河原で、若い女性の死体が、発見されました」

「殺人事件であることは、確かなんですか？」

「まだ断定されたわけではありませんが、その可能性が大きいというので、これから現場を見にいきます」

「私も同行させてください。どうしても『SLやまぐち号』の沿線で起きたということが、気になりますから」

十津川と亀井が、太田警部に同行して、パトカーで、現地に向かった。

国道九号線を、パトカー三台と、鑑識の車が、猛スピードで、阿武川橋梁に向かって、走った。

前方に、例の、オレンジ色の鉄橋が、見えてくる。

鉄橋の五百メートルほど先でパトカーを駐めると、刑事たちは、河原に、おりていった。そこに、若い女性が、俯せに、倒れて死んでいた。

後頭部に、大量の血が、こびりついている。おそらく、鈍器状のもので、背後から殴られたのだろう。それが、死因だとすれば、明らかに、殺人である。

県警の刑事が、死体を仰向《あおむ》けにした。

検視官が、死体のそばに、ひざまずいて、調べていたが、

「死亡推定時刻は、だいたい、午後四時前後でしょうね」

と、太田警部に、いった。

その言葉に、十津川が、改めて、愕然とする。

今日「SLやまぐち号」が第一阿武川橋梁を渡って、長門峡駅に到着、篠目に向かったのは、時刻表によれば、一六時〇六分である。C57 1号機が、あの橋梁を、通過していた時刻に、だいたい、一致しているのだ。

だとすれば、マニアたちが鉄橋を渡る列車を撮っていた頃、ここでこの女性は、何者かによって、殺されたのだ。

それは、十津川たちが、撮影ポイントで、雨宮健一を捜していた時でもある。

そのことが、十津川を、忸怩《じくじ》たる思いにさせるのだ。

死体の近くに、被害者のものと思われるハンドバッグが落ちていた。

太田警部が、中身を調べて、まず、運転免許証を見つけ、十津川に、見せてくれた。

名前は、西岡由香《にしおかゆか》、年齢は、三十歳。そして、住所は、東京都江戸川《えどがわ》区内のマンションになっていた。

ほかに、ハンドバッグのなかに入っていたのは、現金十二万三千円が入ったカルティエの財布、それから、この山口で土産物として売っているC57 1号機の模型などで、携帯電話は、入っていなかった。

被害者、西岡由香が、元々、携帯電話を持っていなかったのか、それとも、犯人が持ち去ってしまったのかは、わからなかった。

ハンドバッグの中身のなかで、十津川が、一番興味を持ったのは、Nゲージの大きさの、プラスチックケースに入ったC57 1号機の模型だった。これは、JRの新山口駅の売店で売っているものと同じであるという。

今、山口県では「SLやまぐち号」が、観光客に、人気になっていて、特に、C57 1号機の優美な姿は、貴婦人というニックネームで呼ばれて、多くの鉄道マニアに愛されている。

翌日二十二日の午前中に、司法解剖の結果が出た。

凶器は、スパナか、もしくは、それに似た鈍器で、犯人は、被害者、西岡由香の後頭部を、三回にわたって殴っており、被害者は、出血するとともに、頭蓋骨が、陥没骨折していた。

死亡推定時刻は、二十一日の午後四時から五時まで。

十津川は、この時点で、急遽、東京に、引き返すことにした。

十人の刑事のうち、西本と日下の二人の刑事を、山口に残し、ほかの刑事を連れて、十津川は、JRの新山口駅にいき、そこで売っている例の「SLやまぐち号」の模型を買った。

その後、山口宇部空港から東京に戻った。

翌日、十津川は亀井を連れて、西岡由香が住んでいた、江戸川区内のマンションに向かった。

荒川《あらかわ》の近くにある、十五階建てのマンションで、その九階の九〇二号室が、西岡由香の住んでいた部屋だった。

2LDKのかなり広い造りで、ベランダに出てみると、すぐ近くに、荒川が見え、遠くに目をやると、現在建設中の東京スカイツリーが見えた。

リビングルームの棚には、ブランド物のハンドバッグや靴や帽子などが、誇らしげに並んでいた。

十津川は、持ってきた例の「SLやまぐち号」のC57 1号機の模型を、取り出して、棚の上に載せてみた。

Nゲージだから、小さくできている。モーターがついているわけではないから、ジオラマで走らせることはできない。

「『SLやまぐち号』の模型だがね、この棚の上に載せると、ほかのものと、ちぐはぐな感じだな」

十津川は、少し離れて、棚全体を見渡した。

「ひょっとすると、被害者の西岡由香は、自宅に、SLの模型をずらりと並べているんじゃないかと思っていたんだ」

「ジオラマも、SLの模型も、どこにも、見当たりませんね。棚に並んでいるのは、若い女性が好みそうなブランド物のハンドバッグや靴や帽子といったものばかりですよ」

「私は、現場で見つかった、ハンドバッグのなかに、これが入っていたので、女性だが、SLや鉄道模型に興味を持っているのではないかと、思ったんだが、ここにきてみたら、違っていた。彼女を殺した犯人が、ハンドバッグのなかに、わざと入れておいたのかもしれないな」

「何のためにですか？」

「犯人の犯行声明だよ。私が、もっとも、恐れている、事態なんだがね」

と、十津川が、いう。

「つまり、西岡由香を殺したのも、雨宮健一で、俺が、河野博史に続いて、この女も殺したぞという犯行声明ですか？」

十津川が、新山口駅で購入したSLの模型にも、プラスチックのケースがついていて、台座には〈C57 1やまぐち号〉と書いたプレートがついている。

「もし、同一犯だとすれば、西岡由香には、河野博史と、何らかの接点が、あるということになりますね」

「接点が何なのか、考えてみようじゃないか？」

十津川と亀井は、机の引き出し、衣装ケース、あるいは、三面鏡の引き出しまで、綿密に、調べてみたのだが、西岡由香が、第一の被害者、河野博史との間に、接点があったという証拠は、いっこうに見つからなかった。

寝室の衣装ケースの底に、小さな手提げ金庫が、見つかり、開けてみると、宝石や腕時計に交じって、普通預金の通帳が、あった。

中身を調べてみると、最後の残高は、八百六万円になっている。毎月、五十万円ずつ引き出しているのは、五十万円で、毎月の生活を、維持してきたのだろうか？

振り込みのほうは、毎月というわけではなくて、二カ月に一回、二百万円が入金されたり、時には、三カ月おきに、八十万円と百五十万円が、入金されていたりする。振込人はアダチゴロウとある。

これを見る限り、西岡由香は、どこかの会社に、勤めていたというのではないらしい。

手提げ金庫のなかに、パスポートも入っていた。それを見ると、西岡由香が頻繁に、韓国《かんこく》や中国《ちゅうごく》にいっていることが、わかった。単に、海外旅行が、好きなのか？　それとも、何か、用があって、韓国や中国に、しばしば、いっていたのか？

十津川は、マンションの管理人にも、話をきくことにした。

警察手帳を見せてから、

「九〇二号室の西岡由香さんですが、部屋を見た限りでは、独身のように見えるのですが？」

「西岡さんは、去年入居されたのですが、独身だと、ご自分で、おっしゃっておられましたよ」

管理人が、いった。

「どこかの会社に、勤めていたのでしょうか？」

「いや、違うようですよ。それも、入居の時にきいてみたのですが、自分で仕事をやっていると、おっしゃっていましたよ。ただ、どんな仕事かは、きいていませんが」

「西岡さんを訪ねて、男の人が、きたということはありませんか？」

「男の人も、女の人も、訪ねていらっしゃいましたよ」

「訪ねてきたのは、若い人でしたか、それとも、年配の人でしたか？」

「年齢はわかりません。何か、あの部屋でしていたようですが、わかりません。パーティみたいなことも、やっていたようですが」

「何かというと、例えば、売春のようなことを心配していたんですか？」

「ええ、それを一番、心配していたんですが、どうやら、違っていたようですね。そういうことは、なかったみたいですよ」

と、管理人が、いった。

十津川は、河野博史の写真を、管理人に、見せた。

「この男が、西岡さんを、訪ねてきたことはありませんか？」

管理人は、写真を見ながら、考えていたが、

「いや、一度も、見たことがありませんね」

「もう一度、よく、見てくれませんか？　ひょっとすると、この男が何回となく、西岡さんを、訪ねてきたんじゃありませんか？」

と、亀井刑事が、粘《ねば》った。

それでも、管理人は、

「申しあげたように、西岡さんのところには、男の人も女の人も訪ねてきていましたが、この写真の男性は、一度も、見たことありませんね」

十津川は、次に、雨宮健一の写真を取り出して、管理人に見せた。

「こちらの男は、どうですか？　年齢は二十六歳、身長は百七十五、六センチで、やや痩せ形の男ですが、訪ねてきませんでしたか？」

「この人も、一度も、見たことがありませんね」

管理人は、首を横に振った。

翌二十四日の、午前中に、十津川と亀井は、西岡由香が取り引きをしていた、T銀行江戸川支店にいき、支店長に、会った。

十津川は、西岡由香の銀行預金の通帳を支店長に見せて、

「この人は、ここで、口座を作っていますね？」

「ええ、そうです。ここで、口座をお作りになりました」

「この通帳を見ると、不定期に、かなりの金額が振り込まれています。八十万円だったり、百五十万円だったり、時には、二百万円の時もあります。このアダチゴロウという人のことを教えていただけますか？」

「わかりました」

支店長は、捜査に必要ということで、教えてくれた。

西岡由香の、銀行預金口座に金を振り込んでいたのは、安達吾郎《あだちごろう》という人物で、T銀行四谷《よつや》支店からの振り込みであることがわかった。

十津川と亀井は、今度は、四谷に、いってみることにした。

5

JRと、地下鉄の四ツ谷駅から歩いて十五、六分のところに、T銀行四谷支店があった。

十津川は、警察手帳を示してから、ここでも支店長に、西岡由香の通帳を見せて、確認した。

「こちらの支店から、同じT銀行の江戸川支店の、西岡由香さんの口座に、不定期に振り込みをしている人がいましてね。名前は、安達吾郎というのですが、この人について、教えて、いただきたいのです。まず、安達吾郎さんという人が、ここから江戸川支店の、西岡由香さんの口座に、振り込んでいるのかどうかを、確認したいのです」

「わかりました。すぐ調べてみましょう」

支店長は、席を立つと、十分ほどして、戻ってきて、

「確かに、ここから、江戸川支店の西岡由香様宛てに、安達吾郎様が、不定期では、ありますが、かなりの金額を振り込んでいます」

「安達吾郎という人ですが、ここに、口座を、持っているんですか?」

「いや、うちの支店に、口座は持っていらっしゃいません。それで、毎回、振込用紙に記入していただいています」

支店長は、今年の分の、振込用紙を見せてくれた。

なるほど、今年、一月から現在までに、五回にわたって、安達吾郎の名前で、T銀行江戸川支店の、西岡由香の口座に、かなりの金額が、振り込まれていることがわかった。

振込用紙には、安達吾郎の住所も記入されている。このT銀行四谷支店から、

歩いて十五分ほどのところにある、マンションだった。

十津川と亀井は、そのマンションにいってみることにした。安達吾郎に、会うことができれば、捜査にとって、プラスになるだろう。

しかし、振込用紙に書かれた住所を、たどって、四谷から、千駄ヶ谷《せんだや》方向にパトカーを走らせたのだが、問題のマンションが、見つからないのである。

二人はパトカーを降り、振込用紙に書かれている住所の周辺を、何回も、歩き回って捜したが、問題のマンションは、いっこうに見つからなかった。

近くに交番があったので、そこにいた巡査部長にきいてみると、

「このあたりには、該当するような、お尋ねのマンションは、ありません。昔も、建っていませんでした」

と、いう。

「住所が、でたらめだとすると、安達吾郎という名前のほうも、偽名かもしれませんね」

と、亀井が、いった。

「たぶん、そうだろう。T銀行四谷支店には、いつも、現金を持って振り込みにきていたんだ。銀行側も、名前や住所が、でたらめだということは、考えなかっ

たんだろう」

「私も、そう、思います」

「だが、西岡由香は、安達吾郎という男をまったく疑っていなかったと思うね」

「そうですね。西岡由香は、安達吾郎という名前が偽名であっても、きちんとお金が振り込まれていたので、何も疑わなかったんでしょうね」

十津川は、大野修にも会って、話をきくことにした。

パトカーのなかから、携帯電話で、大野修に電話をかけた。すぐに、相手が出た。

十津川が、山口県にいき「SLやまぐち号」を見て、帰ってきたと伝えると、大野は、すぐ、

「その話を、ぜひ、詳しく、きかせていただきたいですね。すぐに、新宿に出られますから、新宿駅の西口で、お会いできませんか？」

十津川は、西口の、高層ビルの二十八階にある喫茶店で、会うことにして、店名を告げてから、電話を切った。

6

新宿駅西口には、高層のビルが、建ち並んでいる。ホテルもあれば、マンションもある。高層ビルの二十八階に〈プチモンド〉という喫茶店が、あった。

十津川と亀井は、その店に入ると、コーヒーを、頼んでから、大野修が、くるのを待った。

大野は、待ち合わせの時刻に、正確にやってきた。

「雨宮は、現れましたか?」

と、いきなり、きいた。

そのあとで、コーヒーを、頼んで、十津川の返事を、待っている。

「残念ながら、雨宮健一は、見つかりませんでした。山口には、こなかったのかもしれませんし、きていたにもかかわらず、われわれが、見落としてしまったのかも、しれません。動いた刑事全員が、雨宮健一を、見ていないのですよ」

十津川が、いった。

「『SLやまぐち号』が、走っている山口線の沿線で、殺人事件が、あったそうじゃありませんか？　新聞に、大きく出ていましたよ」

と、大野が、いった。

「そうです。『ＳＬやまぐち号』が通る第一阿武川橋梁がありますが、その橋梁の近くで、若い女性が殺されていたのです。雨宮健一とは、無関係なのかもしれません。ただ、被害者のハンドバッグのなかに、これが、入っていたんですよ」

十津川は、プラスチックのケースに入った「ＳＬやまぐち号」の模型を、テーブルの上に置いた。

大野は、模型を手に取って、真剣な表情で見ていたが、

「これ、ＪＲ新山口駅で、買ったものじゃありませんか？」

「よくわかりますね」

「僕も、前に、新山口にいったことがあって、その時に、同じものを、買いましたから」

大野は、笑いながら、ケースの底に目をやると、

「ああ、今も、メイド・イン・チャイナなんですね」

「このＣ57１号機の模型を見た時、大野さんが話してくれた、雨宮健一のことを、思い出しましてね」

「しかし、雨宮が、ほしがっていたのは、こういう小さなものではなくて、一回り大きい、HOというタイプの模型で、モーターがついていて、ジオラマで走らせることのできるC571号機なんですよ」

と、大野が、いった。

「実は、このケースから、雨宮健一の指紋が検出されたんですよ。ですから、殺された、西岡由香という女性が、JR新山口駅の売店で、買って、ハンドバッグに、入れておいたものではないんですよ」

「つまり、犯人が、殺した女性のハンドバッグに、これを、入れておいた。そういうことに、なるんですか？」

「そういうことです。第一の殺人事件の犯人、雨宮健一が、山口県の現場で、第二の殺人事件を起こして、それを、自らの犯行であることを、証明するために、この模型を、自分で買って、女性のハンドバッグに、入れておいたとすれば、間違いなく、雨宮健一が、第二の殺人も犯したことになります」

「指紋は、細工ができるんじゃありませんか？　それに、少しばかり、おかしなところがあります」

大野が、異議を唱《とな》えた。

「どこが、おかしいんですか？」

「雨宮は、NゲージのC57 1号機ならば、モーターがついていて、ジオラマで、動かすことができる模型をすでに持っているんですよ。それに、雨宮がほしがっていたのは、HOという一回り大きな模型で、やはり、モーターがついていて、ジオラマで、走らせることのできる、C57 1号機なんです。こんなおもちゃのような、小さなC57 1号機のために、今回の殺人事件を、起こすとはとても考えられません」

「ですから、この模型をほしがったのではないのです。自分の犯行の証明として、被害者のハンドバッグのなかに、入れておいたのだと、思うのですよ。そうなると、これは、犯人のマークですから、C57 1号機ならば、ジオラマで、走らせることのできない模型でもいいと、考えたんじゃありませんか」

「いや、雨宮健一という男は、とことん、本物が、好きなんですよ。今、十津川さんが、おっしゃったように、自分の犯行であることを、証明するためにC57 1号機の模型を、被害者の女性のハンドバッグのなかに、入れておいたとしてもです。その場合でも、雨宮は、モーターが、ついていて、ジオラマで、走らせることができるような、そういう模型を、自分の犯行の、証明として、置いていくに違いないと思いますね」

「そうですか。雨宮健一という男は、そういう男ですか」

「ええ、そうです。少なくとも、僕が、しっている雨宮健一は、そういう男なんですよ」

「何となく、わかるような気がします。しかしですね、今回の殺人現場は、山口県の『SLやまぐち号』が走っている、新山口と津和野の間の沿線ということに、なるんです。また新山口の駅では、これ以外にC57 1号機の模型は、売っていませんでした。雨宮健一が、西岡由香という女性を殺して、自分の犯行の、証明として、C57 1号機の模型を置いておこうと考えた。しかし、ジオラマで、走らせるようなHO模型を売っている店を、簡単には、見つけることが、できなかったんじゃありませんかね。それで、不本意であっても、このSL模型を買って、殺した相手のハンドバッグに、入れておいたのではないか？ そう考えることができるんじゃありませんか？」

「確かに。しかし、彼が犯人だったら、東京を出る時から、本物に近いモーターのついた、ジオラマで走らせることのできるC57 1号機を用意していくのではないかと思うのです」

大野は、頑《かたく》なに、自分の考えを、主張した。十津川も負けずに、

「この模型は、明らかに、犯人が、ハンドバッグに入れておいたものなんですよ」

「しかし、現場にあったのは、この、模型なんでしょう？」

「そうです」

「それならば、雨宮健一が、犯人であるはずはありません」

大野は、強い口調で、いった。

十津川は、話を変えた。

「西岡由香の写真を見ていただけませんか？　この女性と、雨宮健一とが一緒にいるところを、見たことは、ありませんか？」

大野は、西岡由香の写真を手に取って、ゆっくりと、見たあと、

「見たことは、ありませんね」

と、いった。

「西岡由香という名前のほうは、どうですか？　雨宮健一から、この名前を、きいたことはありませんか？」

「残念ながら、それも、ありませんね。申しわけありませんが」

「いや、はっきりと、いってくださったほうが、こちらとしては、捜査の、プラスになるんですよ」

と、十津川は、いってから、

「もう一つ、念のために、おききするのですが、あなたは、安達吾郎という名前に、記憶はありませんか？」

「どういう人なんですか？　その人は」

「西岡由香という女性に、不定期ですが、かなりの金額を、振り込んでいる男が、いることがわかったのです。それが、安達吾郎なんですが、ひょっとすると、偽名かもしれません」

「安達吾郎ですか。申しわけありませんが、その名前にも、まったく、記憶がありませんね。それで、今、雨宮健一は、どこに、いるんでしょうか？」

と、大野が、きく。

「われわれも、一刻も早く、見つけたいと思っているんですがね。まったく手がかりなしです。山口県内に潜《ひそ》んでいるのか、どこか別の場所に、移動しているのか、それさえもわからなくて、困っているんです」

十津川は、正直に、いった。

第三章　接点

1

大野修は、睨むような目で、十津川を見ながら、

「雨宮は、絶対に、山口にいったに、決まっているんですよ。いかないわけがないんです。彼は『SLやまぐち号』の熱狂的なファンですからね。その上、今回は『SLやまぐち号』を撮影できる今年最後のチャンスなのですから、いかないはずがないんです。そのことは、十津川さんにも、いっておいたじゃ、ありませんか？　それなのに、どうして、雨宮を、逮捕できなかったんですか？」

「私たちは、雨宮健一が、十一月二十一日に、山口にいったとすれば、向こうで殺された西岡由香と何らかの関係があるのではないか、と考えました。そうでな

ければ殺す理由がありませんからね。しかし、どうして、雨宮健一が、西岡由香を殺したのか、その動機が、まったくわからないのですよ。大野さん、あなたも、西岡由香という女性は、しらないという。となるとなおさら、なぜ、雨宮健一が、向こうで西岡由香という女性を殺したのかが、わからなくなるんですよ。何か思い当たることは、本当に、ありませんか？」

かさねて、十津川が、きいた。

大野は、少しの間、考えていたが、

「一つだけ、考えられることがありますよ」

「どんなことが考えられるんですか？」

「雨宮は、絶対に『SLやまぐち号』を撮影しに、山口にいったと思うんです。問題は、西岡由香という女性のほうです。ひょっとすると、彼女は、SLには、ほとんど関心がなかったんじゃないでしょうか？『SLやまぐち号』にも関心がなくて、たまたま、山口にいったら『SLやまぐち号』を撮影しようと、全国から集まったマニアたちの、撮影合戦にぶつかったんですよ。それで、その様子を、面白がって、ただ見ていたんじゃないでしょうか？」

「その点は、同感です。われわれが調べた限りでは、西岡由香は、鉄道マニアではないし、SLのファンでもないことがわかっています」

「西岡由香という女性が、たまたまいった、山口で『SLやまぐち号』を写真に撮ろうと集まってきた鉄道マニアたちとぶつかったとします。また、親戚の子供に、向こうで『SLやまぐち号』の模型を買って、それをお土産にしようと思っていた。それで、彼女は、鉄道ファンでもないのに、あの日鉄道マニア、あるいは、SLマニアたちの行動を、面白がって、見ていた。その場所に、偶然、雨宮が『SLやまぐち号』の写真を撮ろうとして、きていたんじゃないですかね？」

「なるほど」

「雨宮のような熱狂的な鉄道マニアともなると、撮影の邪魔になるような人間がいると、平気で、突き飛ばしたりしますからね。その時雨宮は、絶好の撮影ポイントにいたんですよ。そこに、鉄道マニアでもないのに珍しがって潜《もぐ》りこんできた女性がいた。彼女は、雨宮のカメラの前を、うろうろしていたんじゃないかと思うのです。それで、雨宮と喧嘩になってしまった。ところが、女性のほうは、謝らない。謝らないどころか、雨宮のことを、からかうか、馬鹿にしたんじゃないでしょうか？　それで、かっとなった雨宮が、彼女を殴りつけて殺してしまった。その女性が、西岡由香だった。そんなことを、考えたのですが、もちろん、僕の勝手な想像です」

と、大野が、いった。十津川は、うなずいて、

「雨宮健一は『SLやまぐち号』というか『SL貴婦人号』の精巧な模型がほしくて、インターネットで売られていた模型に、五十万円も支払ったのに、騙されたとしって、自分に不完全な模型を、売りつけた男を殺してしまった。それが、第一の殺人事件でしたね？」

「そうです。僕は、それを、目撃したんですよ。あの時、どうして、雨宮を制止できなかったのか、今でも悔やまれてならないんです」

「あなたから見て、雨宮健一という男は、それだけ、かっとしやすい性格だということですか？」

「いや、雨宮は、年がら年中かっとするわけじゃありませんよ。普段は、頭がよくて、どちらかといえば、冷静沈着な男です。ですから、僕も長い間、友だちとして、つき合ってきているのです。ただ、雨宮は、根っからの、鉄道ファンで、特にSLマニアなので、そのことについては、頑固だし、かっとしやすいかもしれません」

「なるほど。あなたがいうように『SLやまぐち号』を写真に撮ろうとしていた

時、それを邪魔されて、思わず、かっとしてしまったということも、考えられないことじゃありませんね」

「ちょっと待ってください」

突然、大野が、大きな声を出した。

「十津川さんが、どうしても、雨宮が、犯人だったらということで、いろいろときくから、可能性として考えられることを、想像して話しただけです。いっておきますが、僕は、山口県で起きた殺人事件の犯人が、雨宮健一だとは、これっぽっちも、思っていませんよ」

「それなら、あなたは、どんな、殺人事件だと思っているんですか？」

と、亀井が、きいた。

「僕は、刑事じゃありませんから、どんな殺人事件だと思うかときかれても、答えることは、できませんが、殺された西岡由香という女性は、男と一緒に、十一月の二十一日に、山口に、いっていたのではありませんか？　その男が、ＳＬマニアだったので、女も、一緒に『ＳＬやまぐち号』の撮影ポイントに、ついていった。ところが、何かの原因で、喧嘩になったんじゃありませんか？　わかれる、わかれないの喧嘩かもしれないし、男が撮影に夢中でかまってくれないことに腹を立てた。いずれにしろ、痴話喧嘩《ちわげんか》ですよ。男のほうがかっとなって、女を殴り殺して、逃げたんですよ。それが『SLやまぐち号』の撮影ポイントの、近くだった。それだけのことなんじゃないかと、思いますよ。雨宮は、山口にいったというだけのことで、事件とは、まったく関係がないと、思いますね」

「よくわかりました。今、あなたがいわれたことは、これから、捜査を進める時、参考として、頭に入れておくことにしますよ」

と、十津川は、約束したあとで、

「あなたは、雨宮健一のことを、一番よくしっている友人だと思っています。そのあなたから見て、今後の雨宮健一の行動を、どう予想されますか？ あなたがいったように、十一月二十一日の日曜日に『SLやまぐち号』の写真を撮りたくて、山口県にいったことは、間違いないと、思うのですよ。しかし、その後、どういう行動を、取るのか、われわれにはさっぱりわかりません。あなたなら、想像がつくのではありませんか？」

「僕は、雨宮の、昔からの友だちですからね、どうしても、身びいきに、なってしまいます。雨宮が、河野博史という男を殺したのも、仕方がないと思っているんです。雨宮が、どんなに純粋な鉄道ファンで、熱心なSLマニアなのかを、僕は、しっていますからね。そんな雨宮を、河野博史が、一方的に騙したんです。かっとなった雨宮に、殺されても、仕方がないんじゃないかと、これは、僕の勝手な考えですが、そう、思っているのです。もちろんそれまでに、雨宮は、人を殺したことなどないし、人を傷つけたことだって一度も、ないんですよ。もちろん、前科だって、ありません」

「雨宮のことは、調べましたから、よくわかっています。確かに、雨宮健一には、前科は、ありません」

「これも、僕の勝手な想像なのですが、雨宮は、自分をあまり責めていないのではないか？　そんな気がするんですよ。単なる憎しみとか、衝動とかで、河野博史を殺したのなら、それこそ、深く後悔して、こそこそ逃げ回ったりはしないで、自分のほうから出頭してくるんじゃないかと思うのです。雨宮というのは、そういう男ですよ。それが、今になっても、出頭してこないところを見ると、自分には、やましいところはない。河野博史を殺してしまったのは、彼のほうが悪いからで、いわば、一種の、正当防衛だと、思っているに違いありません。ですから、山口の殺人事件は、雨宮の犯行ではないと、僕は、信じています」

「あなたに、お願いがあるんですがね」

と、十津川が、いった。

「何でしょうか？」

「雨宮健一は、ほとんどお金を持っていないはずです。見つかった、預金通帳の残高も、十数万円でした」

「確かに、そうかもしれませんが、僕に、頼みというのは、何ですか？」

「雨宮健一が逃亡するにしても、隠れ住むにしても金が必要になります。雨宮は、友人のあなたに、その金を求めてくるに違いありません。もし、雨宮健一から、金を無心する連絡がきたら、われわれにすぐ、教えてもらいたいのです」

「わかりました」

と、大野は、うなずいた。

2

十津川は、大野修とわかれるとすぐ、携帯電話を使って、刑事たちに、今から、大野修を監視するように指示した。

「警部は、大野の言葉を、信じていらっしゃらないのですか？」

と亀井がきく。

「あの男は、雨宮健一から金を無心されたら、警察には黙って、貸してやると思うね。そういう男だ」

と、十津川は、いった。

十津川の想像は的中した。

十一月二十五日に、大野修が、自分の銀行預金のなかから、二百万円という、まとまった金額を引き出したことが、判明したのだ。警視庁捜査一課長である、本多一課長を通し、大野修が勤めている、M銀行三鷹支店の、支店長に、極秘に、協力要請してもらったことが、功を奏した。西本と日下の二人が、調べたところ、大野修が銀行に預金していた金額は、五百万円弱であることもわかった。

「五百万円弱のうちの、二百万円ですから、預金の半分近くを、おろしたことになりますね。おそらく、何か大きなことに使うと思います」

その一方で、十津川は、大野修という男について、三田村と北条早苗刑事の二人に、調べさせた。

大野修は、雨宮健一と同じ二十六歳。どこにでもいる平凡なサラリーマンである。

一応、世間的に、名の通った銀行の正社員ではあるが、その銀行で、出世コースに乗っているとは、思えない。大野修自身が、友人に、こんなことをいっていたからだ。

「僕は、サラリーマンとして、出世したいとは、これっぽっちも、思っていない。定年までに課長ぐらいになれれば、それでいいんだ。それより、毎日を、楽しく生きていきたい。そのほうが、出世するよりも、ずっといいじゃないか」

大野の両親は二人とも健在である。父親は、国交省に勤めていて、関東運輸局の、課長補佐である。

地方の国立大学を、平凡な成績で卒業した父親は、役人の世界では出世コースから外れているといわざるを得ない。おそらく、定年退職するまでの数年間に、課長に昇進するのが、精一杯で、それ以上の出世は、まず無理だろう。

両親は資産家ではないし、これから先、資産家になれる可能性も、ほとんどない。

その息子の大野が、二十六歳で五百万円の預金を持っているのである。

つまり、大野修という男は、かなり堅実な性格だと、見ることができる。

「大野修に、恋人と呼べるような女性はいるのか？」

十津川は、刑事たちに、きいた。

「M銀行の同僚のなかに、つき合っている女性がいます。これは間違いないと思います」

と、三田村が、いった。

「二人は、恋人同士かもしれませんが、結婚を約束しているような、そんな深い仲ではないと思います」

「どうして、そういえるんだ？」

「彼女の名前は、岸本亜矢《きしもとあや》、二十五歳です。大野修よりも一歳年下です。ただ彼女はほかの男性ともつき合っています。ですから、結婚を前提としたような、深いつき合いではないと思うのです」

と、三田村が、いうと、北条早苗が、

「大野修も岸本亜矢も、軽い感じのつき合いだと思います」

と、補足した。

「軽いつき合いか。いかにも、今どきの若者らしいな」

「ええ、そのとおりです」

「岸本亜矢の誕生日は、わかっているか？」

「七月十日です。今年は、もう、すぎてしまっています」

「大野修が、岸本亜矢に、何かプレゼントを贈ろうとすれば、次は、十二月二十五日のクリスマスということになってくるな?」

「そうですね」

「クリスマスまでは、まだ一カ月ある。今から何かプレゼントを買って、用意しておくだろうか?」

十津川が、若い刑事たちの顔を見回すと、西本が、

「いや、警部、いくら何でも、そんなに早くプレゼントを買ったりはしませんよ。用意するとしても、一週間前じゃないですかね」

と、いい、ほかの刑事たちも、その言葉に、うなずいた。

「だとすると、二百万円は、やはり、雨宮健一に渡す金だ」

と、十津川は、断定した。

雨宮健一から、電話がかかってきて、大野が二百万円をおろしたとすれば、今から数日の間に二百万円を、雨宮に渡すつもりだろう。

3

大野の日常生活は、すでにわかっている。

毎朝八時半に自宅マンションを出て、バスで三鷹にある支店に向かう。残業をすることは、ほとんどなく、午後五時には退社。まっすぐ自宅マンションに帰ってくる場合もあるし、映画を観たり、友人と飲むこともある。

しかし、今の大野は、二百万円の金を、警察に悟られずに、友人の雨宮に、渡すことを考えているはずだった。

刑事たちの監視は、一層、厳しさを増した。雨宮を逮捕するチャンスだからだ。

しかし、それにもかかわらず、出し抜かれてしまった。

十津川が、そう感じたのは、十二月一日の夜、大野修が、岸本亜矢と待ち合わせ、新宿で夕食を食べてから、映画を観て、その後、同じ新宿のバーに寄って、二人で飲んで、その結果、岸本亜矢が酔っ払ってしまって、彼女のマンションまで、大野が送っていったからである。

二人で、呑気に映画を観たり、食事をしたり、挙句の果てに、飲んだりしたのは、何かがうまくいって、ほっとしたからではないか？

十津川は、二人の行動を見て、そんなふうに、感じたのだ。

刑事たちが、監視していたのに、大野修は、二百万円の金を、雨宮健一に渡すことに成功した。だからこそ、十二月一日になって、彼女と楽しい時間をすごしていたのだろう。ほかに考えようがない。

この間、大野修は、東京を、一時も離れていないから、雨宮健一も東京にずっといたに、違いないのだ。

そして、十二月四日の土曜日になった。

警察としては、雨宮健一を見つけ出したいのだが、依然として、見つかっていない。

となると、やはり、大野修の尾行ということになってしまう。

この日、大野は、車で家を出ると、岸本亜矢を自宅マンションに迎えにいき、助手席に乗せて、出発した。

十二月に入っても、連日、暖かい日が続いていて、この土曜日も、暖かい日だった。

二人が車で向かったのは、熱海《あたみ》である。

ホテル〈ニューグランド熱海〉に到着すると、そこにチェックインした。

二人を尾行していた刑事からの報告をきいて、十津川は、

「そうか、熱海にか？」

と、いい、意外そうな顔をした。

十津川の頭のなかでは、熱海というと、少し昔の温泉地で、中高年のいくところという印象が、あったからである。

しかし、若手の西本刑事は、

「最近、熱海は、温泉があって、東京からも近いと、若者に再評価されていて、人気になっていますよ」

と、いった。

二人は、ホテル〈ニューグランド熱海〉にチェックインしたあと、外出する気配はない。

このホテルのフロントに、内密に問い合わせると、大野は、四日、五日の二日間、ここに泊まる予定に、なっているという。六日の月曜日は、休みを取ったのだろう。

そして、四日の夜、事件が起きた。それも、東京でも熱海でもなく、まったく別のところで起きた事件だった。

4

鎌倉《かまくら》市内のマンションの一室で、そこに住む荒木浩一郎《あらきこういちろう》、三十六歳が、何者かに殺されて、五日の朝になって、死体で発見されたのである。

このマンションでは、管理人は、毎日朝の九時にやってきて、夕方の五時には、帰ってしまう。

五日の朝にも、契約している会社からやってきた管理人が、いつもどおり管理人室に入り、その後、一階から、最上階の五階までを、見て歩いた。

最上階の五階にあがって、五〇一号室から角部屋の、五〇八号室までを、順番に見て回っていると、五〇八号室のドアが、わずかに、開いているのに気づいた。

管理人は気になって、荒木さん、荒木さんと、二度、声をかけてみたのだが、返事がない。

鍵をかけ忘れて、外出してしまったのだとすると、空き巣の心配がある。

そこで、管理人が、なかに入ってみると、2DKの奥の部屋で、住人の荒木が、死んでいるのを発見した。

パジャマ姿で、俯せに倒れていた荒木は、後頭部に、血がこびりついていたことから考えて、何者かに、後頭部を強打されて、死亡したものと思われ、管理人は、慌てて一一〇番した。

神奈川《かながわ》県警の浅井警部と、部下の刑事たち、それに、鑑識のチームが、この事件を調べることになった。

死体を検分した検視官は、

「死亡推定時刻は、司法解剖をしてみないと断定はできませんが、おそらく、昨夜の十一時から十二時の間くらいと見て、間違いないと思いますね」

と、浅井に、いった。

それから、死因として、

「スパナか、あるいは、硬くて重い金属の棒のようなもので、後頭部を、思いっきり殴られていますね。そのため、頭蓋骨が骨折して、大きく陥没してしまっています。それが死因と考えていいのではないでしょうか?」

と、浅井に、告げた。

浅井は、管理人から、殺された荒木浩一郎について、話をきいた。

「荒木さんは、いつから、ここに住んでいるんですか？」

「荒木さんは、三年前から、このマンションに住んでいらっしゃいます」

「年齢はいくつですか？　結婚はしていますか？」

「確か、三十六歳だと、ききましたが、ずっとひとりで、住んでいました。奥さんは、いないようですから、独身だったんじゃありませんか」

「仕事は、何をしている人ですか？」

「わかりません。仕事に関しては、何もきいたことがありませんね。昼間お見かけすることもありましたから、何か仕事はしていたのでしょうが、サラリーマンではないと思いますね」

と、管理人が、いった。

説明をききながら、浅井が、気になったのは、俯せに、倒れている荒木の頭のところに、小さな、ＳＬの模型が置かれていることだった。

そのＳＬの模型にはプレートがついていて〈Ｃ57１やまぐち号〉と、書かれてあった。

その日のうちに、警視庁から十津川と亀井の二人が、鎌倉警察署に置かれた捜査本部にやってきた。

十津川は、いきなり、持ってきた、SLの小さな模型を、浅井の前に置いた。

「これと同じものが、こちらの殺人現場にあったとききましたが、間違いありませんか？」

浅井は、現場から持ってきた「SLやまぐち号」の模型を取り出して、二つを並べて見せた。確かに、まったく同じ「SLやまぐち号」の模型である。

「どう見ても、まったく同じものですね」

と、二人が、同時に、いった。

そのあとで、十津川は、山口県で起きた殺人事件について、その状況を、浅井警部に、説明した。

「十一月二十一日の日曜日に、山口県で、ひとりの若い女性が殺されました。名前は、西岡由香といい、三十歳の東京在住の女性です。この女性が殺された時、持っていたハンドバッグのなかに、このSLの模型が入っていたのです」

「こちらのマンションで殺されたのは荒木浩一郎という三十六歳の男ですが、その荒木浩一郎と、山口県で殺された西岡由香という女性は、同じ犯人に、殺された可能性があるということですか？」

「断定はできませんが、その可能性があるのではないかと、思っています。それで、こちらの事件について、詳しくしりたいのです」

と、十津川が、いった。

今度は、浅井警部が、十二月五日の朝に、死体が発見された殺人事件について、説明してくれた。

浅井は、被害者荒木浩一郎の写真を、十津川と亀井の二人に、見せながら、

「この荒木という男は三十六歳ですが、独身で、どこかの会社に、勤めていたということはないようです。いってみれば、フリーターといったところでしょうか。それでも、銀行に、かなりの額の、預金を持っていて、部屋のなかの調度品も、比較的高価なものを、揃えていますから、生活に困っていたとは、思えません。ただ、彼がどんな仕事をしていたのか、どんな友人、知人がいるのかは、今のところ、まったくわかっておりません」

「部屋のなかに、SLや、あるいは、電気機関車とか、客車などの、鉄道模型はありませんでしたか？」

十津川が、きいた。

「見つかったのは、この『SLやまぐち号』の模型だけです。ほかには、鉄道の

模型は見当たりませんでしたし、鉄道関係の本などもありませんでした。鉄道ファンではないですね」

「フリーターだが、銀行に、かなりの金額の預金があったと、いわれましたが、具体的にいうと、いくらぐらいの預金が、あったのですか?」

「見つかった銀行預金の通帳には、七百万円余りの金額が記入されていました。こちらで調べたところ、荒木浩一郎が入っている部屋ですが、2DKで、月十万円です。この部屋代は、毎月きちんと、支払われていて、遅れたことは、一度もないと、管理人は、いっています」

「七百万円の預金ですか」

「ええ、正確にいえば、七百十二万三千円で、毎月三十万円ずつおろしていますから、おそらく、それを、部屋代や生活費に充てていたのでしょう。収入のほうは一定ではなくて、アダチゴロウ名義で二百万円、あるいは、三百万円という、まとまった金額が振り込まれていることもあれば、収入のない月もあります。今日は、日曜日で、銀行の窓口が閉まっているため、詳しいことは、調べられませんでした。ただ、預金通帳だけは、預かってきました」

(西岡由香のケースと同じだ)

と、十津川は、思い、そのことを、浅井に話した。

「確かに、よく似ていますね」

と、浅井も、うなずいてから、その預金通帳を、十津川に見せた。

確かに、現在の残高は、七百十二万三千円になっている。

その金額を振り込んでいたのは、アダチゴロウという名前で、西岡由香に、振り込んでいた人物と、同じ名前だった。

「同姓同名という、可能性も、ゼロでは、ありませんが、山口の事件と、こちらの事件の犯人は、同一人物ということになってくると思いますね」

と、十津川は、いった。

十津川と亀井は、しりたいことがたくさんあったので、鎌倉市内のホテルに、泊まり、翌日、鎌倉警察署に、再び顔を出した。

二人を迎えた浅井警部が、待ちかねていたように、

「今ちょうど、荒木浩一郎の預金口座のあったK銀行の鎌倉支店に、問い合わせてみたところ、荒木浩一郎に、毎月、あるいは、隔月で、現金を振り込んでいたのは、安達吾郎で、T銀行四谷支店から、振り込まれていたそうですよ」

「やはり、そうですか」

「これで、犯人が同一人である可能性が、大きくなりましたね」

浅井が、笑顔で、いった。

これは、十津川も、予期していた答えだった。

神奈川県警では引き続いて、荒木浩一郎のマンションを、調べることになった。もし、調べて、安達吾郎という名前のはがきなり、写真なりが、見つかったら、また、西岡由香という名前の何かが、見つかれば、一連の事件は繋がってくる。

それを期待して、十津川は、その結果を、心待ちにしていたのだが、現場からは、安達吾郎という名前のものも、西岡由香に関係したものも、見つからなかった。そこで、荒木浩一郎が住んでいた部屋の、捜査に、十津川と亀井も、参加させてもらうことにした。

その結果、ありそうで、なかったものが、二つあった。一つはパソコンであり、もう一つは、携帯電話である。

殺された荒木浩一郎が、普通のサラリーマンではなくて、フリーターで、不定期の仕事をやっていたとすれば、普通の人間以上に、パソコンや、携帯電話が、必要になってくるだろう。

それなのに、どこを捜しても、この二つが見つからないということは、犯人が、持ち去ったのではないかという推測ができた。

十津川は、神奈川県警の浅井警部に、容疑者、雨宮健一のことを、話した。

「その事件の容疑者のことでしたら、新聞で読んでしっています」

と、浅井が、いった。

「何でも、インターネットで高価なSL模型を買ったのだが、届いてみると、それがいんちきで、騙されたとしって、売った相手を、殴り殺してしまったんでしょう？」

「その後、山口県で、雨宮健一が、憧れている『SLやまぐち号』が走るというのでその撮影に出かけたと思われているのですが、その山口で、さっきお話しした西岡由香という女性が、殺されました。死んでいたのは『SLやまぐち号』の、いくつかある、撮影ポイントの近くでした」

「その犯人が、雨宮健一ということですか？」

「そこまでは、まだ断定できないのですが、先ほど申しあげたように、殺された西岡由香のハンドバッグのなかに、例の『SLやまぐち号』の模型が、入っていたのです。今度も、殺された男のそばに『SLやまぐち号』の模型が置いてあったわけでしょう？　そうなると、すべてが、繋がってきてしまうのです。三つの殺人事件の犯人が、雨宮健一だということも考えられないことはないのですが」

十津川は、ポケットから、雨宮健一の写真を取り出して、浅井警部に渡した。

「これが、容疑者の雨宮健一です。独身で二十六歳です」

「これが、雨宮健一ですか」

と、浅井は、じっと写真を、見つめていたが、

「三人もの人間を殺した凶悪犯には、見えませんね」

「そうですね。私にも、見えませんし、この男には、前科もありません。もし、この男が犯人だとすると、二十六歳の今日までは、何もなかったのに、突然、立て続けに、三つの犯罪、それも殺人という、凶悪な犯罪を犯したことになってきます」

「何でも、大変な、SLマニアだと、新聞には出ていましたが」

「そうですね、そのSLのなかでも、ファンの間で、貴婦人と呼ばれているC57 1号機の大変なマニアだと、いわれています」

「それならば、第一の殺人は、納得できますね。しかし、第二の山口の殺人と、こちらで起きた殺人の場合は、何となく、納得できないのですが」

「そうなんですよ。山口で殺された西岡由香という女性ですが、最初はなかなか

納得ができませんでした。犯人が、雨宮健一だとすると、西岡由香を殺した動機がわからなかったのです。そのことで、雨宮健一の友人の大野修という男が、可能性があるとすれば、ということで、こんなことを話していました。――雨宮は『SLやまぐち号』のC57 1号機を撮影するために、山口に出かけた。十一月二十一日、その日は、このSLが、運転される今年最後の日なので、この日を逃してしまったら、撮影することはできない。それで、殺人を犯したあとでも、SLマニアの雨宮は、SLの写真を撮りに山口にいったに違いない。その時、撮影ポイントの近くに、西岡由香がいた。彼女は、雨宮とは違って、別に、SLのファンでも『SLやまぐち号』のマニアでもない。ただ、鉄道ファンがたくさん集まって、みんながワーワー騒いでいるので、それを、面白がって見ていただけだった。写真を撮ろうと必死になっていた雨宮健一とトラブルになり、喧嘩になったのではないか？　しらずしらずのうちに、西岡由香という女性が、雨宮健一の撮影の邪魔を、していたのではないか？　写真を撮るチャンスを逸《いっ》してしまった雨宮健一が、かっとして、西岡由香を殺してしまったのではないか？　――、大野修は、そんなふうにいっているのです」

「十津川さんは、その話に、納得されたのですか？」

「実は、私も、雨宮健一を逮捕するため、十一月二十一日に、山口にいっていたのです。そこで、たくさんのSLマニアに、出会いました。とにかく、異様な熱気でしたよ。誰もが、カメラを片手に、必死になって『SLやまぐち号』を、追いかけているのです。地元の人たちのなかには、彼らが、車を不法駐車したり、カメラを持って、田畑に、無断で立ち入って荒らしたり、あるいは、交通の邪魔をしたりするので、困ったものだといって、怒っている人も、いるそうですよ。鉄道マニアたちというのは、夢中になってしまって、悪気は、ないのですが、そういうことを、平気でやってしまうのです。あの熱気を見ていると、撮影を邪魔された雨宮健一が、そのことにかっとなって、女性を、殺してしまったとしても、おかしくはないと、そんなことまで考えてしまいました」

と、十津川が、いった。

5

神奈川県警の浅井は、改まった口調で、

「今回の殺人事件ですが、十津川さんは、同じ、雨宮健一の犯行だと思われますか？」

「まだ、何ともいえませんが、死体の頭のそば、あるいは、被害者の持っていたハンドバッグのなかに『ＳＬやまぐち号』の模型があったことが、共通点に、なっています。もし、雨宮健一の犯行だとすれば、山口で『ＳＬやまぐち号』の模型を、買ってきたものと思われます」

「第二の殺人と、第三の殺人の共通点といえば『ＳＬやまぐち号』の模型しかないんじゃありませんか？」

「もう一つ、いや、二つあります。第二の被害者、西岡由香と、今回の被害者、荒木浩一郎とは、二つの共通点があります。一つは、普通のサラリーマン、あるいは、ＯＬではなくて、きちんとした、仕事らしい仕事をしていないということです。もう一つは、見つかった預金通帳が、どちらも似たような、預金状況だということです。不定期に金銭が振り込まれていて、振り込んだ相手は、どちらも、安達吾郎という同じ名前の男に、なっています。これも共通点です」

「確かに、そうですが、その安達吾郎という男のことが、はっきりしていません」

「西岡由香の場合も、そうでした。しかし、安達吾郎という男が、はっきりしないということも、共通点といってもいいのではありませんか？」

十津川は、喋りながら、ふと、大野修の顔を思い出した。

ひょっとすると、あの男も、殺人に絡んでいるのではないだろうか？

大野修は、現在、恋人と思われる岸本亜矢という女性と、熱海にいっている。

もし、あの大野修が雨宮健一と組んで、今回の事件を起こしているとすれば、十津川たちの目を、熱海に向けさせておいて、この鎌倉で、雨宮健一が、三人目の男を、殺したことになってくる。

今のところ、鎌倉で殺された荒木浩一郎の部屋を、いくら調べても、雨宮健一、西岡由香との接点は見つかっていない。

「今後は、被害者全員、あるいは、被害者と雨宮の間に接点があるかどうかを調べてみたいと思っています」

と、十津川が、いった。

十津川は、熱海にいる大野修の携帯電話に電話をしてみた。かけたのは、大野が教えてくれた番号である。

大野の声が、電話に出た。

「十津川です」

と、いうと、大野は、

「雨宮が、見つかったんですか?」

と、いきなり、きく。

「いや、見つかってはいませんが、彼が関係しているのではないかと思われる殺人事件が、鎌倉で、起きました。殺されたのは、荒木浩一郎という男性です。この名前に、心当たりがありませんか? 雨宮健一が、この名前をいっていたことは、ありませんか?」

「荒木浩一郎ですか?」

「そうです。鎌倉市内のマンションに住んでいました。三十六歳ですが、妻子はいません。独身です」

「いや、記憶にありませんね。雨宮健一から、その名前を、きいたこともありません。その荒木さんは、何をしている人ですか?」

「サラリーマンでは、ありません。どこかの会社、あるいは、グループに、所属していた形跡はありません。ただ、不定期の収入はあったようで、発見された銀行の通帳には、七百万円の預金がありました」

「どこかで、きいたような話ですね。あ、そうか、山口で殺された女性が、いましたね。あの女性の場合と、似ているのでは、ありませんか? 預金通帳には、かなりの金額の不定期な収入がある。確か、そんな話でしたよね？」

「そのとおりです。その点、山口で殺された西岡由香と、今回、こちらで、殺された荒木浩一郎とは、よく似ているのです。そのことが、気になっているのですが、その点について、大野さんには、何か、意見はありませんか？」

「たぶん、そういう生活をしている人も、今の日本には、かなりたくさん、いるんじゃないですか？　そう思うだけですが、それより、雨宮が、犯人だという証拠が、何か見つかったのですか？」

「こちらで発見された時、死体の頭のそばに、例の『ＳＬやまぐち号』の模型が、置いてあったそうです。そこが、第二の殺人事件との共通点です。もし、雨宮健一が犯人だとすれば、彼が、山口県で、買ってきたものと考えられます」

「しかし、僕には、雨宮が犯人だとは、思えませんね」

「どうしてですか？」

「今も申しあげたように、彼から、荒木浩一郎という名前を、きいたことがありませんからね」

と、大野が、いった。

第四章　四人目の犠牲者

1

世田谷署の捜査本部の黒板に、三人の名前が書いてある。

河野博史　三十歳
西岡由香　三十歳
荒木浩一郎　三十六歳

この三人である。三人の関係はわからないが、東京、山口、鎌倉で、起こった連続殺人事件で、殺された被害者たちである。

十津川が、三上本部長に、三人について、何回目かの、説明をした。

「東京、山口、そして、鎌倉で、立て続けに、殺されました。最初の河野博史が、雨宮健一によって殺されたことは、はっきりしています。いや、雨宮健一の友人、大野修の証言によって、はっきりしているといったほうが正しいでしょう。二人目の西岡由香と、三人目の荒木浩一郎も、雨宮健一に殺されたと思われますが、今のところ、この二人の殺害に関しては、雨宮健一の犯行であるという、はっきりした証拠があるわけではなくて、あくまでも、想像でしかありません」

「しかし、この三人は、いずれも、雨宮健一という二十六歳の男に、殺されたことになっている。そうじゃないのか？」

「そのとおりです。が、今も申しあげたように、はっきりした証拠があるわけではありません。河野博史の場合は、大野修が殺害現場にいて、雨宮健一の犯行を、目撃していたようですが、それ以外の、二人に関しては、目撃者も、いません」

「この三人が、同一犯人に殺されたとすると、その動機は、いったい何なのかね？」

「第一の河野博史の場合は、雨宮健一がほしがっていたC57 1号機のHOの模型をめぐって、騙されたと思い、売り主の河野博史に、腹を立て、かっとなって殺してしまったのです。これは、雨宮健一の友人、大野修の証言です。二番目の西岡由香は、山口県で、殺されたのですが、彼女の持っていたハンドバッグのなかに『SLやまぐち号』の模型が、入っていました。模型のケースからは、雨宮健一の指紋が、検出されています。三番目の荒木浩一郎、三十六歳は、鎌倉市内の自宅マンションで殺されたのですが、死体の頭のところに、西岡由香の場合と同じように『SLやまぐち号』の模型が置かれていました。西岡由香のハンドバッグに入っていたものと、まったく同じものでどちらも、JR新山口駅で買ったものだと思われます。今のところ、共通点といえるのは、このC57 1号機を使用して走っている『SLやまぐち号』絡みだけですが、だからといって、同一犯の犯行という証拠になるわけではありません」

「今の話は、わかったが、大きな、問題があるんだがね」

と、三上が、いった。

「何でしょうか？」

「三つの事件は、雨宮健一の犯行と、思われている。しかし、そう思わせているのは、雨宮健一の友人、大野修の証言と行動じゃないのかね？　当の雨宮健一は、どこかに姿を隠してしまっていて、彼本人から話をきくわけにはいかない。したがって、すべての殺人を、実は大野修が、実行していて、それを自分の友人、雨宮健一の犯行に見せかけている可能性だって、考えられないわけじゃないだろう？　しかも、雨宮は、すでに死亡している可能性だってある。そういう、根本的な疑問も、あるんじゃないのかね？」

と、三上が、いい、十津川が、黙っていると、

「反論はないのかね？」

「二つあります」

「どんな反論だ？」

「三番目の犠牲者荒木浩一郎ですが、犯行当日の、十二月四日、そして五日と、大野は、恋人の岸本亜矢と、熱海のホテルに、泊まっていた、という、確実なアリバイが、あります。監視の刑事を、張りつけて、いました。また、死体の頭のところに『ＳＬやまぐち号』の模型が置いてありました。最初は、指紋が検出されなかったのですが、もう一度、調べ直したところ、その模型の正面に、かすかにですが、西岡由香の、ハンドバッグのなかに、入れられていた、模型と同様

に、雨宮健一の指紋が検出されたと、鑑識から報告がありました」

「それは、本当なのかね？」

「はい。間違いなく、雨宮健一の指紋が検出されたと、報告が、ありました」

「それでは、もう一つ。被害者の間に、何か共通点はあるのかね？　『ＳＬやまぐち号』の模型のほかにだ」

「二人目の西岡由香と、三人目の荒木浩一郎には、別の共通点が、あります。二人は、年齢も違いますし、住んでいる場所も、違います。出身校にも、共通点はありません。生まれたところもです。ただ一つ、共通点と、思えるのは、二人の収入と、その収入の形です。西岡由香にも荒木浩一郎にも、決まった勤め先も、仕事もなかったように、思えます。問題は、二人が持っていた預金通帳です。その預金通帳に振り込まれている金額は、時によってばらばらです。五万円、十万円単位の金額かと思うと、二百万、三百万の振り込みがあったりします。亡くなった時の預金残高は、西岡由香が八百万円を超し、荒木浩一郎も、七百万円を超えていました。決まった勤め先もなく、仕事もないというのに、これだけの収入があったというのは、おかしいとしか、思えません。そのおかしいという点で、二人の被害者は、共通しているのです」

「最初に殺された河野博史の預金は、調べていないのか？」

「まだ調べていません」

「どうして？」

「それは、ほかの二人と、殺され方が違うからです。西岡由香と荒木浩一郎の場合は、雨宮健一が殺したのではないかと思われていますが、これには、確たる証拠はありません。それに比べると、第一の被害者、河野博史は、大野修の証言が、正しいとしてですが、大野の目の前で、雨宮健一が、かっとして、殺しています」

「確かに違うことは違うな」

三上が、うなずいた。

「今、本部長からご指摘もあったので、急いで、第一の被害者である河野博史の、預金通帳も、調べることにしたいと思います」

「君は、四人目、五人目の被害者が出ると、思っているのかね？」

三上が、きく。

「三人を殺したのが、同一人物だとすれば、四人目、五人目の被害者が出る可能性が大きいと、私は、思っています」

「どうして、そう、思うのかね？」

「犯人が、同一人物としてですが、二人目の西岡由香を殺したあと、彼女のハンドバッグのなかに『SLやまぐち号』の模型を入れておいて、姿を消しました。彼女に、鉄道の模型やSLのおもちゃを集めるような趣味はありませんでしたから、間違いなく、犯人が入れておいたものです。さらに、三人目の荒木浩一郎の死体の頭の近くにも、まったく同じ『SLやまぐち号』の模型が置いてありました。殺された荒木浩一郎が、自分で、置いたとは思えませんから、これも、間違いなく犯行後に、犯人が置いたとしか考えられません。つまり、犯人は、二番目の犯行も、三番目の犯行も『SLやまぐち号』に関係しているのだ。それに絡んで、殺したのだというメッセージを、われわれに、示しているのだと、私は、受け取りました。犯人が、三人で殺人をやめるつもりなら、その殺人現場に『SLやまぐち号』の模型を、置いておくはずはないのです。なぜなら、置いてなければ、三番目の殺人は山口ではなくて、鎌倉で起きていますから、第二、第三の事件が、関連があるとは、われわれも、マスコミも考えないでしょう。犯人は、その分逃げやすくなるはずなのです。それなのに、わざわざ同じ模型を、置いておいて、二つの事件は関連があることを、誇示しているのは、ほかにも、殺したい人間がいるのだと、暗に、われわれ警察に、示していると、私は、考えてしまうのです」

「つまり、これは、われわれ警察に対する犯人の挑戦だと、君は受け取っているわけだね？」

「くどくなりますが、普通、同一犯人ならば、犯人は別にいると思わせるのに、この犯人は『SLやまぐち号』の模型を置いておくことによって、同一人だと、いっているわけですから、これは、警察に対する挑戦以外には考えられません」

「つまり、挑戦の証拠が『SLやまぐち号』の模型だというわけか？」

「そうです」

「それ以外の理由も、考えられるんじゃないのかね？」

「と、いいますと？」

「犯人がだね、自分の犯行を誇示したいのなら別にSLの模型を、現場に残さなくても、いいわけだろう？　もっと、人を脅かすようなものを置いておいたほうが、効果があるはずだ。例えば、殺人のあと、被害者の血で、次の殺人を、予告するような文字を残しておいたほうが、ショックを与えられるし、はっきりとした、警察への挑戦とわかるじゃないか？　それなのに、犯人は、なぜ『SLやまぐち号』の模型というか、おもちゃなんかを、残しておいたのかね？　西岡由香の場合は、殺されたのが『ＳＬやまぐち号』の撮影ポイントの近くだったから、模型を現場に、残しておいても、わからないでもない。しかし、荒木浩一郎の場合は、どうなのかね？　彼も鉄道ファンだったり、鉄道模型を、自分で作っていたりしているマニアだったのかね？」

「私と亀井刑事が鎌倉にいって、荒木浩一郎が住んでいたマンションを、神奈川県警の浅井警部と一緒に、調べました。部屋のなかには、鉄道の模型もジオラマも、あるいは、鉄道関係の本とか写真集とか、荒木浩一郎が、鉄道マニアであることを証明するようなものは、何も、ありませんでした。このことから考えても、彼は、鉄道マニアでもなければ、ＳＬマニアでもないと思います」

「そうなると、犯人の意図が、わからなくなってくるんじゃないのかね。第一の事件で殺された河野博史は、大野修の証言によれば、雨宮健一に、殺されたことになっている。動機は、河野博史が、偽物のＣ57１号機の模型を、売りつけたことに対して、腹を立てたことで鉄道マニアの雨宮健一が、かっとして殺した」

「そのとおりです」

「この殺人は単純で、わかりやすい。しかし、第二の西岡由香の場合は、動機がよくわからん。殺されたのがたまたま山口県で『SLやまぐち号』の撮影ポイントに近いところだった。それだけで、彼女が、鉄道マニア、SLファンといえるのかね？」

違うことが、わかっているのに、三上は、わざと、きいているのだ。

十津川は、内心、苦笑しながら、

「西岡由香が、鉄道ファン、SLマニアだという証拠は、まったくありません。彼女は、ブランド物のハンドバッグや靴、あるいは、帽子を買い集めるのが趣味だったようで、自宅マンションには、鉄道模型は一両もなく、鉄道関係の本や写真集なども、一冊も、見当たりませんでした」

「そうなると、二人目の、西岡由香も、三人目の荒木浩一郎も、鉄道やSLに絡んで殺されたという線は、消えてくるんじゃないのかね？」

「そのとおりです」

「それなのに、犯人は、どうして、西岡由香のハンドバッグに『SLやまぐち号』の模型を、入れておいたり、荒木浩一郎の死体の頭のそばに、同じ『SLやまぐち号』の模型を、置いておいたのかね？」

「それは、この二人を殺したのは同一人の俺だという、犯行声明だと、私は、思いますが」

「犯行声明ではない理由で、現場に置いたとは考えられないのかね？」

「本部長がおっしゃるのは、警察を騙すため、捜査を攪乱するためだということですか？」

「そうだよ。第二、第三の殺人で『ＳＬやまぐち号』の模型が、現場に置いてあれば、これは、同一犯人で、同一の動機と、われわれも考えてしまう。それが犯人の狙いということだって、充分に、考えられるだろう」

と、三上が、いった。

2

翌日、十津川は、部下の刑事に指示して、第一の事件の被害者、河野博史の預金を、調べさせた。

調査に当たった西本と日下の二人から、弾んだ声で、十津川に、電話が入った。

「河野博史の取り引き銀行にいって、調べてきましたが、思ったとおりです。預金残高は、一千万円近く、ありました。その収入の形も、西岡由香や荒木浩一郎のケースと、よく似ています。一カ月間、まったく振り込みがない月があるかと思うと、二百万円、三百万円と、振り込まれる月もあります。振り込みも、安達吾郎からでした。それに、前にも、調べましたが、河野博史の職業が、いまだに、はっきりしません。自宅マンションには、小型の工具類がありましたから、それを使って、自分で、鉄道模型を作っていたことは明らかで、それを売って、儲けていたのだと思います」

と、西本が、いった。

「河野博史が、自分で作った鉄道模型を売った先はわかっているのか？　いくらで売り、どのくらいの儲けがあったのか、わかるか？」

「河野博史は、インターネットを使って、自分で作った鉄道模型を販売していたと思われます。市販されていないようなオリジナルのSL模型や、外国の鉄道の車両模型を作っていたようで、河野博史から、鉄道模型を買ったという二人の男を見つけて、話をきいてきました。ひとりは、最上誠《もがみまこと》という四十五歳のサラリーマンで、妻子がいます。彼も鉄道ファンで、家には小さなものですが、ジオラマを作っていて、電車の模型を、走らせています。ただ、仕事が忙しく、自分で作ることがなかなかできないので、河野博史の作った鉄道模型が、インターネットで、売り出されていることをしって、買ったといっています。もうひとりは、野村雄作《のむらゆうさく》という二十六歳の、こちらもサラリーマンです。野村は、市販されているNゲージの模型を買ってきて、自宅マンションで、走らせて喜んでいましたが、だんだん飽き足らなくなって、市販されていない鉄道車両がほしいと考えていたところ、河野博史が、市販されていない、海外の車両模型をインターネットで、売りに出していたので、それを買ったといっていました。この二人の話を、ビデオに撮ったので、持って帰ります」

と、西本が、いった。

二人が帰ってきて、ビデオを見ることになった。

まず、四十五歳の最上誠である。

「私は、市販されている鉄道模型を、いくつか、集めました。そのうちにどうしても、一般には売られていない車両模型が、ほしくなってくるんですよ。そんな時に、河野博史という人が、スイスの登山鉄道の車両模型、大きさは、HOのものを自作して、購入希望者に販売すると、インターネットで、呼びかけているのをしりましてね。すぐに、注文したんです。その登山鉄道というのは、箱根《はこね》登山鉄道と、姉妹提携を結んでいるスイスの登山鉄道でしてね。どうしても、ほしかったんですよ。その、棚の上に飾ってあるのが、その時に購入した問題の模型です。金額は、かなり、高かったですよ。あとになってから、この模型には本物と比べ、いくつかの間違いがあることが、わかりました。今更文句をいえないですからね。諦めました」

次は、二十六歳の野村雄作の場合である。

「僕は、小学生の時から鉄道ファン、ＳＬマニアで、小遣いを貯めては、市販されているＳＬの模型を、一つ一つ買い集めていました。その棚の上にあるのが、コレクションしている六台のＳＬの模型です。全部Ｎゲージです。サラリーマンになってからは、日本を走っているＳＬだけでは、物足りなくなりましてね。それで、今は、もう、走っていませんが、明治時代に、アメリカから輸入されたＳＬで、日本での名前は『弁慶《べんけい》号』とか呼ばれていたものの模型がほしくなりました。そんな時に、河野博史という人が『弁慶号』の模型を自分で作った。精巧にできていて、自分でも満足のできるでき映《ば》えの作品だといって、インターネットで売りに出しているのをしりました。精巧にできていて、石油ランプでお湯を沸かして、蒸気で走る。そうきいたので、それなら、百万円でも安いと思って、買ったんです。その『弁慶号』ですが、今は、ありません。どうしてかって？　しゃくに障《さわ》ったので、叩き壊して捨ててしまったんですよ。だって、そうでしょう？　石油ランプでお湯を沸かして、蒸気で走らせることができると、いったんですよ。ところが、うまく走ったのは二回だけで、壊れてしまったんです。それで、相手に文句をいったら、そんなはずはない。買ったあとで、あんたが壊したんだろうと、そんなことを、いうんですよ。頭にきましたが、喧嘩をしても、仕方がないので、叩き壊して捨てました」

次の捜査会議で、十津川は、西本と日下の二人が、調べてきたことを下敷きにして、自分の考えを、三上本部長に、説明した。

「最初の被害者、河野博史について、本部長からご指摘のあった、彼の預金口座について、調べました。やはり、河野博史の収入も、ほかの二人と、よく似ていることがわかりました。銀行預金の残高は一千万円近くで、その収入の形は、ばらばらでした。一カ月間、まったく振り込みがない時もあれば、二百万円、三百万円と、ドーンと、振り込まれる月もありました」

「やはり私の思ったとおりだ。振り込み人の名前も同じなのか？」

「そうです。荒木浩一郎や西岡由香の口座に振り込んでいた人間と同じ、安達吾郎と、なっています。ただ、振り込みの場所は一カ所ではなくて、東京で、振り込んだかと思えば、大阪から振り込んだりもしていて、この男の身元は、摑めません」

「これで、三人の共通点が、わかったが、それから、どういう結論が導き出されるんだ?」

と、三上が、きいた。

「河野博史について、さらに詳しく、西本刑事と日下刑事の二人が調べたところ、彼は、手持ちの工具を使って、鉄道模型を作っては、その作品を、インターネットで売っていたのです。それも、市販されていない珍しい鉄道模型を、作っているので、インターネットで、彼の作った模型を買っている人も多かったといいます。そのなかの二人が見つかったので、話をききました」

「その結果は?」

「私は、こう考えました。二人目の被害者、西岡由香も、三人目の被害者、荒木浩一郎も、河野博史と同じように、自分で作るか、あるいは、購入したものを、インターネットを通じて売っていたのではないか? 西岡由香のマンションの部屋には、ブランド物の、バッグや靴や帽子がたくさん、ありましたから、そういうものを、インターネットで、売っていたのではないか？　ただ、ブランド物を輸入して、インターネットで、売っていたのでは、さほど、儲からない。そこで、ブランド物の偽物を多量に輸入して、本物として、売っていたのではないかと考えました。三人目の荒木浩一郎は、鉄道模型や、ブランド物のバッグ、靴などは、集めていませんが、神奈川県警が調べたところ、自宅の近くに、他人の名義で、アパートの一室を借りていて、そこに、骨董品がたくさん置いてあったそうです。それらをインターネットを通じて、売っていたのではないか？　今、骨董ブームで、騙される人も、たくさんいるそうですから、荒木浩一郎は、鑑定書を偽造したりして、安物を、高く売りつけていたのではないかと、考えたのです。インターネットを使って、安物を高く売りつける。これが三人の共通点ではないかと思うのです。そう考えれば、三人の収入の不安定さも、納得がいきます。インターネットを使って、二束三文《にそくさんもん》の偽物や、あるいは、傷物を、高く売りつけることに、成功した時には、かなりの額が振り込まれてくる。しかし、カモが見つからない時には、一カ月間、まったく振り込みがなかったりもする。そう考えると、すべての辻褄が合ってくるのです」

「三人の口座に振り込みをしている安達吾郎は、どんな男だと考えるのかね？」

「三人は、インターネットで、商売をしていました。安達吾郎は集金人ではないでしょうか？」

「集金人？」

「インターネットを使っての商売で大変なのは、決済方法だといいます。金は払ったのに、現物が、届かないとか、その逆もあるわけです。三人は、安達吾郎という男を雇って、集金を任せたのではないでしょうか？　いったい、どういう男なのか、今のところはっきりしません。ただ、集金人と考えると、彼の行動に納得ができるものがあります。インターネットでの売買が成立したあと、安達吾郎が、代金を受け取る。そこから自分の手数料を差し引いて、三人の口座に振り込む。それが、安達吾郎に、与えられた役割だと、考えています」

「ここまでくると、三つの殺人事件について、ある程度納得がいくストーリーができたかね？」

「私の頭のなかで辻褄が合うようになりました」

「しかし、納得のできないことも生まれてきたんじゃないかね？」

と、三上本部長が、いった。

十津川は、うなずいた。

「そのとおりです。三人の被害者には、何とか共通点が見つかりましたが、今度は、犯人のほうに、共通点が、なくなってしまいました」

「そうだろう。そうでなければ、おかしいんだよ」

三上が、ちょっと、得意そうな顔になった。

「今のところ、犯人は、雨宮健一ということになっているわけだろう？　しかし、雨宮健一は、熱心な鉄道ファンで、SLマニアで、鉄道模型には、興味があるが、女性の好きなブランド物のバッグや靴や、帽子とかには、興味がないんじゃないか。また、骨董趣味もないんじゃないかね？」

「そのとおりです」

「それならば、第二と第三の犯人は、雨宮健一ではないことになってくる。そうじゃないかね？」

三上が、意地悪く、きいた。

3

確かに、被害者三人の、共通点は見つかったが、今度は、犯人の共通点が、見つからなくなってしまった。その点を、十津川は、正直に認めた。

「犯人と思われる雨宮健一には、鉄道模型、特にSL模型に対する、強い執着があったと思われるので、そのことで、騙されれば、かっとして殺しも、やりかねません。しかし、その雨宮健一が、女性の好きなブランド物のバッグや靴や帽子にも執着があるとは、思えません。彼の自宅マンションには、そういったものは、一つも、ありませんでしたから。また、彼に、特定の恋人がいたという話もありませんから、恋人が西岡由香に騙されたことに対する怒りから、彼女を殺したということも考えられません。また、雨宮健一には、骨董の趣味も、ありません。したがって、雨宮健一が、荒木浩一郎を殺す動機も、見つからないのです」

十津川が、三上に、いった。

「しかし、君は、三人を殺したのは、雨宮健一だと、確信しているんじゃないのかね？」

「確信とまでは、いきませんが、今のところ、雨宮健一は、第一の容疑者です」

「それで、今後の捜査方針は、どうするのかね？」

「もう一度、被害者三人について、徹底的に調べ直してみたいと思っています」

「つまり、雨宮健一が、三人を殺した犯人として納得できるものが見つかるかどうか、それを、捜してみるというわけだな？」

「そのとおりです」

「よし、わかった。その線で、いきたまえ。しかし、調べ直して、納得できる動機が、見つからなければ、その時はすぐに、捜査方針を変えるんだ。いいね？」

きつい目で、三上が、十津川を見た。

4

さし当たって捜査することは、二つである。

一つ目は、西岡由香は、インターネットでブランド物のバッグや靴や帽子を、売っていた。大きく儲けるために、偽物を売ったに違いない。もし雨宮健一が犯人なら、なぜ、そのことに彼が腹を立てて、西岡由香を殺したのか。それがわからなければ、事件は、解決しない。

第二は、同じように、荒木浩一郎が、インターネットを使った骨董品の売買で、雨宮健一を怒らせるようなことをしたかどうかである。

荒木浩一郎のインターネットを通じた骨董品の売買が、なぜ雨宮健一を怒らせたのか？　そこで、改めて、雨宮健一について、徹底的に調べてみることにした。

そうすると、雨宮健一という男は、動物好きという以外に、趣味が少ないことがわかった。

二十六歳の雨宮健一の、頭のなかにあったのは、鉄道模型のことだけなのである。特に、珍しいＳＬ模型に対する雨宮健一の執着は、恐るべきもので、ほかには、ほとんど、趣味らしいものが、見つからないのである。

「雨宮健一が、西岡由香と荒木浩一郎を殺す理由はまったくないことになってしまうな」

十津川は、部下の刑事たちに向かって、いった。

「こうなると、雨宮本人ではなくて、彼の、恋人や友人や、あるいは、両親、兄弟が問題になってくるな」

十津川は、部下の刑事たちを、二つにわけ、一組は東京で、雨宮健一のすべてを、徹底的に調べさせることにし、もう一組は、鎌倉にいかせて、神奈川県警の、浅井警部に協力して、荒木浩一郎について、再度、調べさせることにした。

東京に残った刑事たちは、雨宮健一について、あらゆることを、調べて回った。

彼の家族である、両親、兄弟はもとより、親戚まで調べることになった。

次は、友人である。大野修をはじめとして、同じ趣味の集まりである友人たち、あるいは、大学時代の友人ももちろんだが、高校時代の友人まで、調べることにした。

最後は、女性関係である。現在、雨宮健一に、特定の恋人がいないことは、わかっていたが、今回は、少しでも関係があるのではないかと、思われる女性はすべて、調べることになった。

鎌倉に向かった刑事たちは、鎌倉警察署で、神奈川県警の、浅井警部と合流し、殺された荒木浩一郎が骨董品を保管していたアパートに向かった。

一カ月、五万円で借りていたアパートの部屋に、骨董品が、山と積まれてあった。まず刑事たちが、しりたかったのは、骨董品のなかに、ひょっとして、鉄道に関係するようなものが、あるのではないかということだった。例えば、絵画のなかに、鉄道、特にSLを、描いたものがないかということである。何とかして、荒木浩一郎と、雨宮健一を結びつけようとしたのだ。

次は、陶磁器である。そこにあったのは、ほとんどが、茶器か、花瓶だった。

ヨーロッパには、陶器で作られた、列車の置物もないことはない。そうした陶器が見つからないか？

列車はなくても、駅長の格好をした人形が、ないかどうか？

刑事たちは、そうしたものを、見つけるために、押し入れに首を突っこみ、あるいは、何重にも包装された箱を、一つ一つ開けて、中身を確認していった。

刑事たちが手わけして、いくら一生懸命調べても、鉄道に関係のありそうな陶磁器の人形も絵画も、見つからなかった。

次は、荒木浩一郎と関係のある人間を調べていった。

荒木浩一郎の友人知人のなかに、鉄道模型やジオラマを作ってインターネットで、売っている者がいて、雨宮健一が傷のある鉄道模型、特に、SLを買った場合も考えられるからである。

その売買に、荒木浩一郎が、深く、関わっていたとすれば、雨宮健一が怒って、荒木浩一郎を殺すケースも、考えられなくは、ないからだった。

荒木浩一郎は、地元鎌倉の高校を、卒業したあと、横浜《よこはま》の大学に進んでいる。したがって、友人知人は、ほとんどが鎌倉や、横浜周辺にいる。そういう人間を捜し出して、話をきく。

このほうは、時間がかかる。それを、覚悟する必要があった。

5

東京で、雨宮健一の周辺を、調べていく刑事たちも、いざ、着手してみると、これが、簡単な捜査でないことが、わかってきた。

まず、雨宮健一の家族である。

そのなかに、ブランド物のバッグや靴、あるいは、帽子などが好きで、少しでも安く、買おうとしている女性がいれば、その女性が、西岡由香に騙されて、損をしたようなケースも、あるのではないか？　そのつもりで、家族、親戚を、調べていったが、該当するような女性は、ひとりも、見つからなかった。

ところが、それで、雨宮健一の家族関係は、調べ終わったと安心していると、突然、叔父のなかに、骨董趣味を持つ老人が見つかった。この老人が、鎌倉の荒木浩一郎から、偽物の骨董品を高く売りつけられて、怒っているケースもある。

あわせて、この線を調べていく。

調べてみると、その骨董好きの老人は、インターネットには、まったく知識がなくて、インターネットを通して、骨董品を、買ったことがないとわかって、ほっとしたのだ。

次は女性関係。

雨宮健一に特定の彼女がいないことは、わかっていたが、何といっても、まだ、二十六歳の若さである。突然、好きな女性が、見つかるということもある。

雨宮健一が、よく食事をするというレストランには、女性の店員がいるし、また、買い物にいくコンビニにも、女性の店員がいる。

それから、一週間に、三回、駅近くの同じ喫茶店で、コーヒーを飲んだり、大野修と落ち合ったりしているが、その喫茶店にも、若いウェイトレスが、いた。

刑事たちは、その女性たちも徹底的に調べた。

そのため、時には、ストーカーに間違えられて、刑事が、警察に、通報されたり、職務質問を受けたりもした。

調べたいのは、その女性のひとりが、ブランド物好きで、インターネットで、西岡由香から、偽物のブランド物を掴まされ、腹を立て、雨宮健一に、訴えたことがないかどうかである。

しかし、刑事たちが、いくら調べても、それに、該当するような女性は、ひとりも見つからなかった。

それでも、捜査は、一歩前進したと、十津川は、思った。

しかし、逆の立場から見れば、捜査は、一歩も、前進していないということもいえる。肝心の容疑者、雨宮健一の行方が、依然として摑めないからである。

大野修にきいても、雨宮健一の行方はわからないという。

もう一つ、十津川を、不安にさせることがあった。それは、四人目の犠牲者が出るのではないかということだった。

犯人は、二人目の犠牲者、西岡由香、三人目の犠牲者、荒木浩一郎、この二人の、殺人の現場に、警察への挑戦状みたいに「SLやまぐち号」の模型を、置いていった。それは、ある意味で、次の殺人を、予告しているように見えるからだった。

河野博史をひとり目の犠牲者と考えれば、次の犠牲者は、四人目ということになる。その四人目は、何としてでも出したくない。

十二月十五日、その日は、朝から肌寒かった。

京都では、朝のうち、初雪が降った。八時には、雪は、やんでしまったが、有名な、嵯峨野《さがの》の竹林のあたりは、風が冷たく、九時になっても、観光客の姿は、ほとんど、見られなかった。

十時近くなって、やっと、日が差してきて、竹林の道に、人力車に乗った観光客の姿が、見えるようになった。

その一台が、竹林の道を、奥に向かって、勢いよく走っていたが、突然、止まってしまった。

二メートルほど先に、若い女性が、倒れていたからである。

その女性は真っ白なコートを羽織り、ハイヒールを履いて、俯せに、倒れたまま、ぴくりとも動かない。

人力車を引いてきたのは、この仕事を、アルバイトにしていた大学生である。

「ちょっと見てきます」

と、客に断ってから、学生は、倒れている女性のそばに、近づいていって、

「どうしたんですか？　大丈夫ですか？」

と、声をかけた。

こんな時間だが、もしかしたら女性は酔っ払って、そこで寝こんでしまったと思って、学生は、

「そんな格好で寝ていたら、風邪をひいてしまいますよ」

と、いいながら、かがみこんで、もう一度、声をかけたが、その言葉が、宙で止まってしまった。

血の匂いを嗅いだからだった。

学生は、すぐに自分の携帯電話を使って、一一〇番した。

6

京都府警捜査一課の五人の刑事と鑑識のチームが、現場に、到着した。

その周囲に、たちまち、野次馬――といっても、ほとんどが、観光客だったが――で、人垣ができてしまった。

その人垣のなかで、京都府警の、刑事のひとりが、倒れている、女性の体を仰向けに直した。

白いツーピースの、胸のあたりが、赤く血で染まっている。その血は、すでに、乾き始めていた。

胸の二カ所を、刺されている。死体の近くには彼女の持ち物と思われる、ハンドバッグが落ちていた。

女性は、二十四、五歳に見えた。

ハンドバッグのなかに、財布やハンカチ、キーホルダーなどと一緒に、運転免許証が入っていた。その免許証によれば、女性の名前は、宮脇麻美《みやわきあさみ》、二十五歳である。

五人の刑事のなかで一番若い川添刑事には、女性の顔に、見覚えがあった。ただ、川添刑事が、しっているのは、免許証にある宮脇麻美ではなくて、二宮《にのみや》あさみである。

確か、二、三日前の夜、テレビのコマーシャルでも、彼女が踊っているのを見たばかりだった。

「この顔、どこかで見たことがあるような気がするんだが」

と、水野警部が、呟くなり、川添刑事が、

「タレントの二宮あさみです」

「そうか。それで見たような顔だと思ったよ」

水野は、あまり、興味がないという顔だ。

京都では、タレントは、それほど、珍しい存在ではない。

さらに調べると、彼女の住所は、東京になっていた。

京都には、撮影か何かで、きていたということなのだろうか？

コートのポケットを探っていた刑事のひとりが、

「警部、こんなものが、ポケットに入っていました」

手袋をはめた手で、小さな黒い、ＳＬの模型を差し出した。その模型の台座のところには〈Ｃ57１やまぐち号〉と書かれてあった。

それを、確認した水野は、すぐ、警視庁が、現在、捜査している事件を、思い出した。東京、山口、そして、鎌倉を、舞台にした連続殺人事件で、その被害者の二人目、三人目の殺人現場には、これと同じ「ＳＬやまぐち号」の模型が、置かれていた。確か、そんな事件だったはずである。

とすれば、今、目の前で、胸を刺されて死んでいる若い女性は、警視庁が調べている連続殺人事件の、四人目の犠牲者ということになってくるのだろうか？

水野の目が、険しくなっていった。

若い女性タレントが殺された。それでさえ、マスコミが、騒ぐだろうと思っていたのだが、それどころか、もう少し大きな、猟奇的な事件に、発展しそうである。

さらに所持品を捜すと、ハンドバッグのなかに、二宮あさみが所属している東京のサン芸能社の名刺があった。

水野は、死体を司法解剖のために大学病院に送ってから、東京のサン芸能社に連絡をとった。

電話に出た、副社長に、宮脇麻美、芸名、二宮あさみが、京都の嵯峨野で死体になって、発見されたことを告げると、

「すぐマネージャーを、そちらに向かわせます」

と、いった。

次に、水野警部が、連絡したのは、警視庁である。

連続殺人事件の、捜査本部がある世田谷署で、捜査を指揮している、十津川警部に、京都の嵯峨野の竹林で、二十五歳の、若い女性タレントが、殺されているのが発見されたが、被害者のコートのポケットに「SLやまぐち号」の模型が、入っていたことを告げた。

途中で、電話の向こうの十津川警部が、明らかに緊張しているのがわかった。声が、甲高く、なっていたからである。

「わかりました。これからすぐ、そちらに、伺います」

と、いって、十津川は、電話を、切った。

嵯峨野警察署に、捜査本部が、置かれることになった。

昼前には、その捜査本部に、宮脇麻美こと、二宮あさみのマネージャーが、駆けつけてきた。大村卓《おおむらたく》、年齢は、おそらく、四十五、六歳といったところだろうか。

「私は、女優の、名取香奈子《なとりかなこ》のマネージャーもやっていまして、彼女が、昨日からこちらの、東映撮影所で、時代劇の撮影に入りましたので、それにつき合っていました。二宮あさみの、マネージャーもやっていますので、東京から、電話をもらって、急いで、こちらに駆けつけました。二宮あさみが、殺されたというのは、本当なんですか？」

「間違いなく、嵯峨野の竹林で、死体になって、発見されました」

水野は、現場に落ちていた、ハンドバッグと、なかに入っていた、運転免許証を、マネージャーの大村に渡した。

「これは、間違いなく、彼女の運転免許証です。それに、このハンドバッグも、彼女のものです」

大村は、小さく、溜息をついた。

「昨日、女優の、名取香奈子さんと一緒に、東京からこちらにきた。その時、二宮あさみさんも一緒だった。間違いありませんか？」

水野が、確認をするように、大村に、きいた。

二宮あさみという若い女性タレントのことは、よくしらないが、名取香奈子という女優のことは水野も、しっていた。別に、彼女のファンというわけではないが、時々、テレビのドラマなどで顔を、見ていたからである。

「そのとおりです。ちょうど、二宮あさみも、こちらで、コマーシャルを撮ることになったので、三人で、東京から、きたわけです。昨日から、名取香奈子が、東映撮影所で、テレビドラマの撮影をしていたので、そちらのほうについていました」

「二宮あさみさんは、その間、どうしていたんですか？」

「彼女も、東映撮影所のスタジオを使って、コマーシャルを、撮っていたんですが、そちらのほうが、早く終わったので、先に、ホテルに帰らせました。久しぶりに、京都にきたので、街を、ひとりで、歩いてみたい。二宮あさみがそういうので、先に、帰らせることにしたのです」

「そのあとは、どうしたんですか？」

「名取香奈子の撮影のほうが予定より長引いて、徹夜になって、終わったのは、今朝になってからですよ。二宮あさみは、てっきり、京都の市内散策を終えて、ホテルに帰って寝ているんと、思っていたんです。まさか、嵯峨野で、殺されていたなんて、考えても、いませんでした」

と、大村が、いった。

夕方近くなって、警視庁から、十津川警部と、亀井刑事が、到着した。

二人は、東京から「ＳＬやまぐち号」の模型を持ってきていて、こちらで見つかった「ＳＬやまぐち号」の模型と並べた。

二つの模型は、まったく、同じものである。

「同じものですね」

京都府警の水野が合点《がてん》する。

「そうですね。どう見ても、まったく同じものとしか思えません」

十津川も、うなずいた。

同じ言葉を口にしても二人の表情は、まったく違っていた。

水野には、緊張感が見られたが、十津川のほうは、深刻な表情に、なっている。

十津川には、四人目の犠牲者を、防ぐことができなかったという、思いが強かったからである。

第五章　第五の標的《ターゲット》

1

吉祥寺のマンション、その二〇八号室は、しばらくの間、忘れられた存在だった。そこは、殺人事件の容疑者、雨宮健一の部屋である。

十一月二十日、世田谷区内で、最初の殺人事件が起きた。河野博史、三十歳が殺されたのである。

十津川たちは、容疑者、雨宮健一の友人で、最初の殺人事件を、警察にしらせてきた大野修に案内してもらい、吉祥寺にある雨宮健一のマンションに向かった。

もちろん、そこには、雨宮健一の姿はなかった。

十津川は、このマンション、特に二〇八号室の室内に二人、マンションの外に二人の、合計四人の警官を配置した。雨宮が、舞い戻ったとき、逮捕するためである。

その後、殺人事件の舞台は山口県に移った。Ｃ571号機、通称「ＳＬやまぐち号」の撮影スポットで、二人目の被害者、西岡由香が殺された。その時も四人の警官は、東京のマンションの監視を続けていたが、雨宮健一は、現れなかった。

その後、神奈川県鎌倉市内のマンションで、第三の殺人事件が、起きた。殺されたのは、三十六歳の荒木浩一郎である。この時も、容疑者の雨宮健一は、吉祥寺のマンションに、姿を現すことはなかった。

十二月十五日、今度は、京都の嵯峨野の竹林で、二十五歳のタレント、二宮あさみこと、本名、宮脇麻美が、殺され、死体となって、発見された。これが第四の殺人である。

この時も、四人の警官が、吉祥寺のマンションの二〇八号室と、周辺に張りついていたが、雨宮健一は、姿を見せなかった。

最初の被害者、河野博史が殺されたあと、すでに、一カ月が経過し、その間に、三人の男女が殺された。

十津川たちは、山口、鎌倉、そして京都と、犯人を追いかけ回したが、依然として解決の目途は立たず、容疑者、雨宮健一も、見つかっていない。その間に、吉祥寺のマンションも、その二〇八号室も、次第に、忘れられた存在になっていった。

しかし、十二月二十日の夜、忘れられた存在の吉祥寺のマンションの、二〇八号室に、賊が入ったのである。

2

問題のマンションの二〇八号室に、警官が張りついていたのでは、雨宮健一は、用心して部屋に近づかないだろう。そう考えて、この日から、室内の警官二人は、二〇八号室から、退去させていた。

マンションの外には、依然として、二人の警官を配置していたが、どうしても、油断があったらしい。

二〇八号室の雨宮健一の部屋に、賊が入ったとわかったのは、翌日の朝になってからである。

このマンションは、夜の七時をすぎると、管理人が、引き揚げてしまうという。その上、マンションのオーナーは、なるべく早く、建物自体を壊して、新しいマンションを、建てようとしているので、新たな入居者を募集することがないため空き部屋が多くなり、現在、住んでいるのは、十人を割っていた。

おそらく、こうしたことが重なって、十二月二十日の夜、二〇八号室に賊が入っても、朝まで誰も気がつかなかったのだろう。

朝になってから、見回りをした、警官からの連絡を受けて、十津川は、亀井刑事、そして、あと二人、西本と日下の若い刑事を連れてマンションに急行した。

二〇八号室のドアには、鍵がかけられていたのだが、開けられていた。

鍵を壊した形跡がなかったので、侵入者は、鍵を持っていて、それを使って、ドアを開けて、なかに、入ったに違いなかった。

雨宮健一の友人を自称する大野修は、この部屋の鍵は、本人しか持っていないというから、その言葉を信じれば、十二月二十日の侵入者は、雨宮健一ということに、なってくる。

狭い部屋には、手作りの棚が設けられ、そこに、雨宮健一が集めた鉄道模型が、ところ狭しと置かれている。

十津川は、最初に、この部屋に入った時、隅々まで、写真に撮っておいた。その数は、百枚を数えている。

その百枚の写真と、十二月二十一日現在の部屋とを、比べてみることにした。そうすれば、侵入者が、この部屋から、何を盗んでいったかがわかるはずである。

百枚の写真を、テーブルに並べ、十津川は、西本たちに、部屋の現状と、どこが違っているかを比べさせた。

その結果、棚に置かれていた鉄道模型の一つが、なくなっていることがわかった。消えていたのは、C57 1号機、通称「SLやまぐち号」の模型である。Nゲージのジオラマで走らせられる模型だった。

第二、第三、第四の殺人現場には「SLやまぐち号」の模型が置かれていた。その三台のSL模型は、文字どおり、ただの、単なる模型で、モーターがついていないので、ジオラマの、線路の上を走らせることは、できない。

それに比べて、今回、盗まれたC57 1号機には、モーターがついていて、Nゲージの線路の上を走らせることができるというものだった。

値段も十倍以上違う。

十津川は改めて、部屋のなかの指紋の採取を鑑識に、頼んでから、捜査本部に、引き返すことにした。

捜査本部には、問題のSL、C57１号機の模型が、三台、置かれている。

一台は、JR新山口駅で売っている、モーターのついていない、走らない模型である。この模型は、第二、第三、第四の犯行現場に置かれていた。

二番目の模型は、昨日の夜、雨宮健一の自宅マンションの部屋から盗まれたと考えられるジオラマ用のC57１号機の模型である。大きさは同じNゲージだが、こちらのほうは、モーターが入っていて、ジオラマで走らせることができる。

三番目は、一回り大きい、HOのC57１号機の模型である。Nゲージは、プラスチックだが、HOは、金属製なので、それだけ実物に近いのだ。

大野修の証言によれば、第一の被害者、河野博史が、インターネットを使って、手作りのHOの大きさのC57１号機を売ることを宣伝したので、それをほしいと思った雨宮健一は、すぐ五十万円を送金し、買うことになったのだが、結局、雨宮健一は、五十万円を出しながら、河野博史に騙されてしまった。粗雑な代物だったのである。

かっとなった雨宮健一は、河野博史を殺してしまった。そういう、いわくつきのC57１号機の模型である。

「問題は」

と、十津川は、部下の刑事たちに向かって、いった。

「昨日の夜、雨宮健一の部屋に忍びこんだ人間は、このNゲージのC57 1号機の模型を、盗んでいったのだが、どうして、そんなことをしたのか理由をしりたいのだ。警備の警官は、マンションの外だけを監視しているのだが、犯人にしてみれば、それでも、発見される恐れがある。そんな危険があるのに、わざわざ、部屋に忍びこみ、小さくて精密なNゲージのC57 1号機を、盗んでいったのだ。なぜ、そんな危ないことを、あえて、実行したのか？　犯人の動機が、どうしてもわからない。意見のある者は、遠慮なくいってほしい」

西本が、最初に発言した。

「これまでに、四人の人間が、殺されました。河野博史の場合は、別として、西岡由香、荒木浩一郎、そして、宮脇麻美の三人が、殺された現場には『SLやまぐち号』の模型が置かれていました。昨夜、雨宮健一の部屋に忍びこんだ人間が、四人の人間を立て続けに殺した犯人だとすれば、次に、第五の殺人事件を起こし、その現場にC57 1号機を置いておくために、その模型を、雨宮健一の部屋から、盗んでいったものと、考えますが」

「常識的に考えれば、そうなるが、なぜ、雨宮健一の部屋に忍びこんで、Nゲージの精巧な模型を、盗んでいったのだろうか？　どうして、今までと、同じように、置物の模型にしないのだろうか？　メッセージなら、逆に同じ模型のほうが力があるはずだ。なぜ、そうしないのか？　私には、その点が、何とも、理解できないのだよ」

と、十津川が、いった。

「今まで使っていた安い模型が、手許に、なくなったのではありませんか？」

と、西本が、いう。

「いや、さっき電話して、新山口駅に、問い合わせたら、今でも売っているそうだ」

十津川が、いうと、今度は、日下刑事が手をあげた。

「警部、私は、こう、考えるのです。現在、この連続殺人事件の犯人は、東京に潜んでいるのだと、思います。今から、ＪＲ新山口駅まで、この模型を買いにいくのは、時間がかかってしまいます。それで、一番近い吉祥寺の雨宮健一のマンションに忍びこんで、模型を盗んだのではないか。その模型を、次の、殺人事件に使おうと考えているのではないでしょうか？」

「しかし、連続殺人事件の犯人は、前もって、誰と誰とを、殺すのか、何人の人間を、殺すのかを、決めていたと思うんだよ。それなら、前もって、殺す相手の人数分だけ『SLやまぐち号』の模型を、買っておけばよかったんじゃないのかね」

「その点も考えました。犯人は、最初、河野博史を含めて、四人の人間を殺そうと狙っていたと思うのです。河野博史を殺したあと、西岡由香、荒木浩一郎、そして、宮脇麻美の三人を殺して『SLやまぐち号』の模型をメッセージとして、残していった。そこでやめるつもりだったので、三台の模型しか用意しておかなかった。ところが、ここにきて、もうひとり、どうしても、殺したい人間が出てきてしまった。そこで、そのターゲットのC57 1号機の模型を用意しなければならなくなって、手近にある雨宮健一の吉祥寺のマンションに、忍びこんだのではないか？ そんなふうに考えたのですが」

と、日下が、いった。

「日下刑事の意見に、反対の者はいるか？」

十津川が、刑事たちを見回した。

三田村刑事が、発言する。

「第二、第三、第四の犯行現場に、犯人が置いていった『SLやまぐち号』の模型は、かなり精巧にはできていますが、あくまでもお土産品で、値段としては安いものです。それに対して、今回、雨宮健一の部屋から盗まれたと思われる模型には、モーターがついていて、Nゲージで、走らせることができるのです。値段も、前の三台の模型に比べて、十倍以上の値段に、なっています。私は、その値段の差に、注目しました」

「それを、わかるように説明してもらいたいね」

「日下刑事は、四人を殺した犯人の前に、もうひとり、殺したい人間が、出てきた。そこで、吉祥寺の雨宮健一の自宅マンションから、Nゲージの、C57 1号機を盗み出したといいますが、私は、そうは、考えません。犯人には、最初から、もうひとり、殺すべきターゲットがあったと思うのです。その相手は、今までに殺した四人の男女の、いわば、ボス的な存在だった。インターネットを使って、粗悪品を、高く売りつけて儲けていた小悪党の四人を、束《たば》ねているボス的な存在だったのではないかと思います。犯人は、そのボス的な存在の相手を、最後に殺すつもりでいるのです。今までの四人とは、違う、大物なのだということを示したくて、死体のそばには、値段が、今までの模型の十倍以上もするNゲージの、精巧な、C57 1号機の模型を置いておくつもりなのでは、ないでしょうか？今までと同じお土産品の『SLやまぐち号』の模型では、駄目だ。だから、わざわざ、雨宮健一のマンションに、忍びこんで、十倍も高価なNゲージのC57 1号機の模型を盗み出したのだと思うのですが」

「確かに、それならば、危険を冒《おか》して、雨宮健一の部屋から、この精巧なNゲージのC57 1号機の模型を盗み出した理由が、わかってくる。その推理から導き出される、犯人は、誰ということになってくるのかね？」

十津川が、きく。

「普通に、考えれば、犯人は、雨宮健一です」

「理由は？」

「本人ならば、当然、自分の吉祥寺のマンションに、NゲージのC57 1号機の模型が、あることをしっているし、部屋の鍵だって持っています」

「NゲージのC57 1号機の模型のことならば、雨宮健一の友人を、自称している大野修だって、しっているはずだよ」

と、西本が、いった。

「大野修もですけど、ほかにも、雨宮健一の部屋に、NゲージのC57 1号機の模型があることを、しっている人間は、たくさんいると思いますよ」

と、北条早苗刑事がいった。

「雨宮健一も大野修も、大の鉄道ファンであり、特に、SLのマニアでもあります。鉄道ファンというか、模型を集めるマニアというか、そういう連中と、二人が、つき合っていたことは、大野修自身も、認めています。ですから、雨宮健一と、親しかった、同じ趣味を持った人間ならば、彼のマンションに、Nゲージの C57 1号機の模型があることを、しっていたのではないでしょうか?」

「そのとおりだ。そこで、もう少し、的《まと》を絞って考えてみよう」

と、十津川が、いった。

「さっき、雨宮健一の部屋から指紋を採取した結果が判明したと、鑑識からしらせがあった。やはり、一番多かったのは、雨宮健一の指紋であり、大野修の指紋も、いくつか、見つかった。指紋を拭き取った形跡は、見られなかったそうだ」

十津川が、いうと、北条早苗が、

「そうだとすると、模型を、盗んでいったのは、雨宮健一か、大野修ということに、なってきますね」

「それと、二〇八号室の鍵は、壊されていなかったから、侵入した人間は、鍵を、使ったとしか考えられない。当然、一番の容疑者は、雨宮本人で、次は、友人の大野修ということになる。どうして、犯人は、危険を冒してまで、あのマンションに忍びこんで、NゲージのC57 1号機の模型を、盗んだのかということになる。その理由については、今、全員で考えた。犯人が、五番目のターゲットとして、誰かを狙っている。その殺人現場には、盗んだ模型を置いていくつもりだろうということで、意見が一致した」

「第五の殺人は、おそらく、そう遠くない日時におこなわれる。私はそう考えますが」

今まで黙っていた亀井刑事が、発言した。

「カメさんが、そう考える理由は？」

十津川が、きく。

「もし、時間的な余裕があれば、われわれ警察が監視している、あのマンションには、忍びこまなかったでしょう。新山口駅まで、Nゲージの、C57 1号機の模型を、買いにいけば、いいのですから。それなのに、警察が監視しているとわかっていながら、犯人は、盗みに入りました。第五の殺人が、時間的に、迫っているからだと私は思います」

「確かに、カメさんのいうとおりかもしれないな。具体的に考えてみて、第五の殺人に走るのは、何時《いつ》だと思うかね？」

「最初の被害者、河野博史が殺されたのは、十一月二十日です。十二月十五日に、四人目の、宮脇麻美が殺されました。その間、わずかに、二十五日しか、経っていません。第二の被害者から、第四の被害者の、事件の間隔は、十日から二週間です。これを、第五の殺人に、当てはめますと、今月いっぱい、おそらく、十二月三十日か、大晦日の、三十一日までに、第五の殺人がおこなわれると考えてもいいのではないかと、思います」

3

五人目の犠牲者は、いったい、誰なのか？　殺人が起きる前に、見つけ出さなくてはならない。

最初の犠牲者、河野博史、二番目、西岡由香、三番目、荒木浩一郎、この三人には、共通するものがある。インターネットを通じて、商売をしていることである。

だが、十二月十五日に、殺されたタレントの二宮あさみこと、宮脇麻美には、インターネットを通じて何かを売っているという事実は、見つからなかった。彼女は、二十五歳という若いタレントで、ＣＭ撮影のために京都にきていて、殺されたのである。刑事たちは、彼女と、ほかの三人との共通点を、必死に、捜した。

その結果、わかったことが、あった。

河野博史、西岡由香、荒木浩一郎が、品物を売る時に、使っていたサイトを、調べたところ、二年前に西岡由香が、輸入したブランド物の販売をする時、タレントとしては、まだ無名だった二宮あさみを、宣伝に、使っていることがわかったのである。

インターネットを通じて、ブランド物や、その偽物を売りさばこうとしたが、宣伝に有名タレントを使ったのでは、予算的に無理がある。そこで、当時、まだ無名だった二宮あさみを使ったのだろう。彼女に、バッグを持たせたり、小さなアクセサリーを身につけさせて、モデルとして使っていたのである。ほかの二人も、宮脇麻美をモデルに使ったことがあるのだろう。

これで、ほかの被害者と二宮あさみこと、宮脇麻美とが結びついた。

捜査会議で、十津川は、五人目のターゲットについて三上本部長に、説明した。

「これまでに殺された四人の被害者は、インターネットを通じての商売に関係していたという共通点が見つかりました。そこで、五人目として犯人が狙うのは、この四人をまとめている、いわば、ボス的な存在の人間に違いないと、私も、刑事たちも考えています」

「それで？」

「また、犯人が、危険を冒して、警察が監視していた雨宮健一の自宅マンションに忍びこんで、Nゲージの、C57１号機の模型を盗み出したことから考えて、次の殺人は、今年中ではないか？ 十二月三十日か、三十一日の大晦日までの間と、考えられます」

「河野博史、西岡由香、荒木浩一郎の三人の口座に、不定期に、金を振り込んでいた男がいたね？」

と、三上が、きいた。

「安達吾郎という名前の男です」

「その安達吾郎が、連中の、ボスということは考えられないか？」

「それは、考えにくいと、思います」

「どうしてかね？」

「私たちは、殺された四人のことを、調べてきましたが、彼らをまとめているボス的な存在の人間が、いったい、何という名前なのか？ どんな人間なのか、いっこうにわかりませんでした。ボスというのは、そうした存在だと思うのです。ところが、安達吾郎は、すぐ、わかってしまいました。自ら銀行に現れては、現金を振り込んでいますから、おそらく、ボスから使われている人間で、命じられるままに、現金を振り込んでいたにすぎないと、考えています」

「そのボス的な存在だが、いったい、どんな人物像を、君は、描いているのかね?」

三上本部長が、きく。

「今までに殺された被害者ですが、かなりの収入を得ていました。全員が、かなりの額の、預金を持っていたのです。しかし、全員が、マンション暮らしで、大邸宅に住んでいるわけでもなく、高級な外車を、乗り回してもいません。ボスのほうは、連中とは違って、何部屋もあるような大邸宅に住み、高級な外車を乗り回しているに違いありません」

「そのほかには、どんな人間を想像しているのかね?」

「河野博史は、自分で、鉄道模型を作っては、それをインターネットを通じて売っていました。しかし、ほかの三人は、違います。西岡由香は、ブランド製品、もしくは、その偽物を、輸入して、インターネットを通じて売っていました。荒木浩一郎は、骨董品を集めて、それをインターネットを通じて、相手を騙して高額で販売していました。宮脇麻美も、自分で、何かを作っていたわけではありません」

「続けたまえ」

「彼らが、自分たちで、こつこつ、品物を作っていたら、彼らの商売は、かなり小さなものだったと思います。彼らのボスは、鉄道模型を、大量に、町工場で作らせていたのではないでしょうか？　二束三文の、粗悪品をです。それを河野博史に命じて、売らせていた。このボスには、香港《ホンコン》、あるいは、中国《ちゅうごく》などに、偽のブランド品の輸入ルートがあって、それを通じて、大量の偽のブランド物を輸入し、それを、西岡由香が、売りさばいていたのではないでしょうか？」

「荒木浩一郎の場合も、同じということか？」

「荒木浩一郎の場合も、骨董品を、一つ一つ買い集めていたのではなくて、茶碗なら、高価な志野《しの》の茶碗と、そっくり同じ物を、大量に作らせて、それを、インターネットを使って、荒木浩一郎に、売らせていたのだと思うのです。また、タレントの二宮あさみには、宣伝以外に、海外に撮影にいく時、偽のブランド製品を作っている、向こうの会社から、そのブランド製品を、買ってこさせていたのではないでしょうか？　この線を徹底的に洗っていけば、意外に早く、ボスの正体が摑めるかもしれません」

「もう一つ、君にききたいことがある」

三上本部長が、十津川を見て、

「君は、今でも、雨宮健一が、犯人だと思っているのかね？」

「ここにきて、雨宮健一が、犯人である可能性は、私の頭のなかで、五十パーセントを切りました」

と、十津川は、いった。

「そうすると、今、君が真犯人だと、思っているのは、雨宮健一の友人を、自称している大野修かね？」

「その可能性が、六十パーセントです」

と、十津川が、いった。

「なぜ、雨宮健一が、犯人だという可能性が、小さくなったのかね？」

「今回の犯人は、すでに、四人の人間を殺しています。一カ所で殺しているのではなくて、東京、山口、鎌倉、そして、京都で、続けて、殺人を実行しています。その上、犯人は、三つの殺人現場に『ＳＬやまぐち号』の、模型を、わざわざ、置いてから立ち去っています。それなのに、大野修の姿は、見えるのですが、雨宮健一の姿は、見えないのです。どこかで、ちらりとでも見えれば、私は、雨宮健一が犯人だと、確信するのですが、それが、まったく見えないのです」

「君は、犯人が、大野修だとすると、雨宮健一は、すでに、死んでいると考えているのか？」

「はい、そうです」

「それで、大野修の所在は、いつも摑めているのかね？」

「それが、現在、大野修の行方も、わかっておりません。銀行には、休暇届を、出していました。監視を、つけていたのですが、撒かれてしまいました」

と、十津川は、いった。

それが、今の十津川の、最大の不安だった。

4

捜査本部の空気は、第五の殺人は、遅くとも、年内におこなわれるだろうという見方だった。

十二月三十日か、三十一日までにである。今日は十二月二十二日である。もし、十二月三十日だとすれば、あと八日しかない。

その間に、大野修を、見つけるか、雨宮健一が死んでいなければ、彼を捜し出さなければならない。それができないときは、逆に五人目の被害者というか、五人目のターゲットを見つけ出す必要がある。

十津川は、第五のターゲット、四人の被害者の、ボス的な存在の人間を捜し出すことに、全力を尽くすことにした。その人間は、偽物や粗悪品を、海外から大量に輸入して、それを、売りさばくために、四人を使ってきた。

現在は、下火になったが、それでも、ブランド製品に対する需要は、大きいものがある。それを狙って、日本には、香港、中国、韓国《かんこく》などから、大量の偽のブランド製品が入ってきている。

また、プラモデルや、金属製の鉄道模型の人気も高い。プラモデルの場合、キットが、大量に売られているが、完成品は、少ないから、需要はある。

また、骨董品の販売も、盛んで、この世界で騙されることが多いのは、よくしられている。

この世界は、うまくやれば、かなり、儲かるのである。

十津川は、捜査二課にも、協力してもらい、インターネットで被害に遭ったという人々からも、聞き込みをおこなうことにした。

こうした捜査中に、ひとりの人間が浮かびあがってきた。

御園生《みそのお》健一郎《けんいちろう》という六十歳の男である。

5

御園生健一郎は、東京の杉並《すぎなみ》区永福《えいふく》に大邸宅を構え、ジャパントレードカンパニーという、怪しげな会社の社長をしている。

五歳年下の妻は、二年前に病死し、今、この、大邸宅には、秘書、お手伝い、運転手の三人が共に住み、それから通いで、もうひとりの秘書がいるのだが、こちらのほうは、秘書というよりも、用心棒に近い。

十津川が、この御園生健一郎に注目したのは、しばしば、香港、中国、韓国、そして、東南アジアに、出かけていたからである。

一応、ジャパントレードカンパニーの社長として、仕事で、出かけているのだが、御園生がいった先は、ブランド物の偽物を作っていると噂されている地区が多かった。それに、以前に一度、御園生健一郎の会社が、偽のブランド製品を大量に密輸入して、部長が、逮捕されたことがある。

また、御園生は、京都と備前《びぜん》に窯《かま》を持ち、趣味で、陶器を作っているが、実は、その窯で、備前の名品や、志野の茶碗の偽物を、作っているのではないかという噂もあった。

まず十津川は、この御園生健一郎のしたで働く人間のなかに安達吾郎がいるのではないかと考えて刑事たちに命じて、調べさせることにした。

十津川は、それと並行して、御園生健一郎の周辺を、調べさせた。

もう一つ、注目したのは、この男の日常だった。彼が、次のターゲットなら、自分が狙われることを、しっているはずである。

当然、その日常生活は、用心深くなっていることだろう。十津川は、それを確認したかった。その結果、御園生健一郎について、こんな噂が、十津川の耳に、飛びこんできた。

今年の十月頃まで、御園生健一郎は、自らスポーツカーを運転していたし、海外にも、しばしばいっていたという。それが、今年の十一月末あたりから、スポーツカーを運転することも少なくなったし、海外にも出かけていないという。外出するときには、必ず、若い秘書を連れていくこともわかった。

この男は、現在二十八歳で独身、大学時代は、ボクシングをやっていて、東日本の新人王にもなったことがあるという、そんな男だった。

この秘書は、以前は自宅から通っていたのだが、ここにきて、御園生健一郎の屋敷に住みこむようになり、二十四時間ずっと、御園生健一郎を、ガードしていることもわかった。それだけ、御園生健一郎は、用心深くなっているのである。

御園生邸の近くに、交番があった。

十津川は亀井と、この交番を訪ねていき、交番に勤務している巡査長に、御園生健一郎のことをきいてみることにした。

御園生健一郎に会ったことがあるかと、きくと、巡査長は、

「確か、去年の二月頃だったと思いますが、御園生健一郎さんの家が、何者かに放火されたことが、ありまして、その時、あの屋敷にいき、御園生健一郎さんに、お会いしています」

「本当かね？」

「幸い、塀の一部を、焦《こ》がしただけで、すみましたが、放火であることは、間違いありません。火の気がまったくないところから出火していますから。犯人は、

まだ逮捕されておりません」

「放火の動機は、わかっているのかね？」

「御園生健一郎さん自身は、どうして、放火されたのかはわからない。思い当たることはないと、いっておられましたが、どうも、あの御園生健一郎さんという人は、偽のブランド製品を輸入して、それを自分では売らずに、他人に売らせていたみたいで、騙された客が怒って、御園生健一郎さんの自宅に放火したのではないかという噂が、もっぱらでした」

「最近、あの屋敷の警備が、以前よりも、厳重になったときいているのだが、それを、感じるかね？」

亀井が、きいた。

「そうですね。確かに、最近、塀が高くなりました。以前は、警備会社と契約を、していなかったようですが、最近は、警備会社のステッカーが、張られていますし、監視カメラの数が、明らかに、多くなりました。警備に力を入れているんじゃないですか」

「現在、何人の人間が住んでいるんだ？」

「御園生健一郎さん本人、運転手、秘書二人と、あとは、お手伝いさんですね。

それから、時々ですが、美人の、女性秘書が、くることもあるようです」

と、巡査長が、いった。

「そうすると、御園生健一郎本人を含めて、あそこに住んでいるのは、五人ということになるな」

「そうですね。確かに、五人が確認されています」

「御園生健一郎は、どういう人間だと、君は、見ているのかね？」

「去年の放火で、塀の一部が焼かれて、事情を伺いにお邪魔した時、御園生健一郎さんは、二階の書斎で、イギリス製の猟銃の手入れを、していました。その猟銃を、いきなり、こちらに、向けられたので、びっくりしたことを覚えています」

「銃を持っているのか」

「許可を取っていて、イギリス製とアメリカ製の二丁の猟銃を、持っておられます」

「車は、どうだ？」

「ロールスロイスと、外車のスポーツカーを持っておられます。ロールスロイスは、特別仕様とかで、窓ガラスが防弾ガラスになっているときいたことがありますが、本当かどうかは、わかりません」

と、巡査長が、いった。

「御園生健一郎は、今年六十歳の還暦だときいたのだが、何か、病気を、持っていることはないのか？」

「かなり有名な、主治医の先生がいますし、顧問弁護士も、いるそうで、持病は、血圧がちょっと高めだということはきいたことがありますが、ほかには、大きな持病は、ないようです」

「主治医は、このあたりの病院の先生？」

「駅の近くに、坂井《さかい》病院という大きな病院があります」

「その病院なら、五階建ての、かなり大きな個人病院だろう？」

「ええ、そうです。そこの坂井院長が、御園生健一郎さんの主治医だという話を、きいたことがあります」

「あの屋敷に、普段、出入りしている人間をしりたい。食料品なんかは、配達されているのか？」

「大体のものは、配達されているようですが、時には、お手伝いさんが、買い物にいっているようです」

「坂井病院には、御園生健一郎は、自分のほうから、足を運んでいるのかね？」

「いえ、自分のほうから、いくことは、滅多になくて、主治医の先生が呼ばれて、あの屋敷に、入っていくのを、二、三度見たことがあります」

「あの屋敷を、訪ねてくる人たちは、たいてい、車でくるんだろうね？」

「そうだと思います。門のなかに、八台の車を駐められる大きな車庫があるそうですから」

「御園生健一郎が、近所の人と、何かトラブルを、起こしたことはあるのか？」

「あの屋敷の裏に、五百坪ほどの空き地があるのです。以前、工場があったところですが、その工場が、潰れてしまいまして、現在は、空き地になっています。この近くの人たちは、公園にしてほしいと、区に陳情しているようですが、その五百坪の土地を、御園生健一郎さんが、買い取って、マンションを、建てる計画がある。そういう話をきいたことがあるのですが、もし、御園生健一郎さんが、そこにマンションを建てようとすれば、近所の人たちと揉《も》めると思います」

と、巡査長が、いった。

「そういえば『マンション建設、絶対反対』という立て札が、立っていましたよ」

亀井が、十津川に、いった。

「そのマンション建設反対というのは、相当に強い声なのか？」

「このあたりは、もともと、緑の多いところですから、住民たちが、反対しているんだと思いますね。あの空き地に、御園生健一郎さんが、計画しているような高層マンションが、建ってしまうと、かなりの範囲で日陰になってしまいますから、住民たちの、反対の声は、さらに大きくなると思います」

「御園生健一郎が、五百坪の空き地を、買収するというのは、相当、具体的な、話になっているのかね？」

「よくはしりませんが、すでに、あの空き地を所有している不動産会社と話し合いに入っているという噂をきいたことがあります。不景気ですから、不動産会社としても、一日も早く、あの空き地を、売ってしまいたいと思っているに、違いありません。このあたりで、五百坪を買うことが、できるのは、御園生さんだけだという声もありますから、結局、彼が、あの空き地を買って、計画どおりにマンションを、建てることになるんじゃありませんか」

と、巡査長が、いった。

（その話が具体的に進んでいるとすると、犯人が、それを利用して、御園生健一郎に近づこうとするかもしれない）

と、十津川は、思った。

第六章　爆弾

1

　十津川は亀井と永福町の豪邸に、御園生健一郎を訪ねた。二人が案内されたのは、五十畳くらいはあると思われる、広い応接室である。

床には、イタリア産の大理石が、敷きつめられ、ソファや椅子は、フランスの有名な家具メーカーに、特別注文で作らせたものだと、御園生が、いった。

その御園生は、六十歳の還暦を迎えたというが、年齢よりも、はるかに若々しく見えた。大柄な男である。

　御園生がくれた名刺には〈ジャパントレードカンパニー　CEO　御園生健一郎〉と、印刷されていた。

「このジャパントレードカンパニーというのは、どういうことをやっている会社なんですか？」

と、十津川が、きいた。

「私の会社は、いいものを、安く提供する。それがモットーです」

「外国から輸入したものを、安く売るということですか？」

「いや、どこで、作られたものかは、問題にしません。国内で作られたものでも、外国で、作られたものでも、安くていいものがあれば、インターネットを通じて販売します。それが、わが社の使命です。一般にはまったくしられていないのに、いい製品が、国内にも、海外にも、たくさんあるんですよ。そうしたものを、紹介を兼ねて、皆さんに、安く買っていただく。ですから、そうした製品の紹介も兼ねているのです。こんなにいいものが、こんなに安く手に入って、ありがたい、というお礼の手紙が、何通もきています」

御園生は、女性秘書に、礼状の束を持ってこさせた。

十津川は、その何通かに目を通したあとで、御園生に向かって、

「今日は、いろいろと、おききしたいことがありましてね。それで、お伺いしたのです。失礼なことをおききするかもしれませんが、できれば、正直に、答えて

いただきたい」

「構いませんよ。何でも、おききになってください。別に、私には、隠さなければならないようなことは、何もありませんからね。どんなことでも正直に、お答えしますよ」

と、御園生が、いった。

「ジャパントレードカンパニーは、京王線《けいおうせん》の調布《ちょうふ》の郊外に、大きな倉庫を、お持ちですよね？」

「ええ、ありますよ」

「私の部下の刑事二人が、先日、その倉庫を見にいってきました。今、御園生さんがいわれたように、日本国内で作られたものや、あるいは、外国で、作られたものを、たくさん仕入れて、インターネットを通じて販売するんですよね？　そうしたものが、倉庫のなかに、いっぱい、つまっていると思ったのですが、二人の報告によると、まったくの、空《から》っぽだったと、いっているのですが、どうして、あの巨大な倉庫が、空になっているんですか？」

十津川が、きくと、御園生は、

「そうですか。調布の倉庫は空でしたか。せっかく、刑事さんに、きていただいたのに、それは、申しわけないことを、しました。名刺の裏にも書いてありますように、わが社のモットーは、いいものを、安く、提供するということです。そのために、国内でも海外でも、安くていいものを、大量に仕入れて、調布の倉庫に、保管しておくのですが、ちょうど商品を売り尽くしてしまって、在庫がない時期だったのかもしれませんね。これからも、さまざまな商品を、仕入れてきますから、あの倉庫が、そうした商品でいっぱいの時に、もう一度、見にきていただきたい。わが社が、どんなものを、仕入れているか、おわかりになっていただけると、思いますよ」

「それで仕方なく、私の部下は、あの倉庫の周辺で、聞き込みを、やったのですが、こんな話をきいたというんですよ。倉庫の前に、これも大きな駐車場がありますよね？　そこで、ここ三、四日、毎日、従業員が、何かを、燃やしたり、壊していた。あれは、どう見ても、売れ残りの商品を、従業員が、朝から延々と、燃やしたり、壊し続けていたに違いない。周辺の住民は、そういっているんですが、どうなんですか？」

「それは、住民の皆さんの、間違いというか、誤解ですよ。うちの会社では、国内で作られたもの、あるいは、海外で作られたものを、たくさん購入しますから、空になった木箱や、あるいは、段ボール箱などが、どうしても、大量に出てしまうのです。社員は、それを、燃やしたり、壊していたのだと思いますよ。何しろ、量が量ですから、三、四日、従業員が、朝からずっと、作業し続けていたとしても、別に、不思議はないと思いますが」

と、御園生が、いう。

「しかし、段ボールは、今では、貴重な資源になっていますからね。燃やさずに集めて、回収業者に渡したほうが、いいのでは、ありませんか？」

亀井がそばからいうと、御園生は、笑って、

「ああ、そうですね。つい、うっかりしました。これからは、従業員に、注意しておきましょう」

「次は、これを、見ていただきたいのです」

十津川が、御園生の前に、差し出したのは、今までに殺された男女四人の名前を書いたメモだった。

「河野博史、西岡由香、荒木浩一郎、二宮あさみ」

十津川は、わざと、ゆっくりと、読みあげてから、

「この四人の方は、御園生さんのお知り合いだと思うのですが、どうですか？

違いますか？」

「いや、申しわけないが、この四人の名前には、心当たりが、まったくありませんね。どういう人たちですか？」

と、逆に、御園生が、きいた。

「全員が、インターネットを使って、さまざまな品物を、売りさばいていた人たちです。四人とも、今までに、何者かによって、殺されました」

「どうして殺されたんですか？」

「最初の三人は、インターネットを使って、自分で作ったものや、輸入したものの、あるいは、骨董品などを、売りさばいていました。四人目の二宮あさみはその販売サイトで、モデル役を務めた若い女性タレントです。この四人がなぜ殺されたのか。たぶん安物や偽物を高く売りつけられたことに怒った買い手が、四人を殺してしまったのではないか？　われわれは、そう考えてます」

「この四人と私とが、どうして繋がってくるのですか？」

「この四人、正確にいえば、ひとりはモデルの、女性ですから、三人です。この三人は、今も申しあげたように、インターネットを使って、安物や偽物を、高く売りつけていました。しかし、会社は、持っていません。個人で商売をやっていたように思われるのですが、個人で商売をしていたにしては、かなりの、儲けがあったように、思えるのですよ。それで、大きなインターネット専門の会社があって、この三人は、そこから商品を、仕入れていたのではないか？　われわれは、そう考えて、調べていったところ、御園生さん、あなたに、いきついたのです。どうやら、あなたから、商品を買い入れて売っていた。そう思わざるをえないのです」

「それは、まったくの誤解ですよ。刑事さんに、そんなふうに、思われては、迷惑ですね。この四人の名前には、まったく、記憶がありません。私のしらない人たちですよ。私の会社は、確かにインターネットを通じて商売をやっていますが、いいものを安く提供するということをモットーにして、やっています。ですから、今、刑事さんに、お見せしたような、感謝の手紙はたくさんきていますが、抗議の電話や手紙は、一度も、もらったことがありません。現在、インターネットを通じての、商売が、流行《はやり》になっています。この人たちも、私と同じように、インターネットを使って、商売をしているのかもしれませんが、私とは、何の関係もありませんよ」

「本当に、この四人の名前に、記憶はありませんか？　お会いになったことも、ありませんか？」

「ありませんね」

「今いただいた名刺を、見たのですが、ＪＴＣと、書かれていますね？　これは、御園生さんの会社の、マークといったものですか？」

「そのとおりです。ＪＴＣ、ジャパントレードカンパニーという、うちの会社のマークで、そのマークに、私は、誇りを、持っています」

「この応接室の壁に、東南アジアや中国の風景の写真が、何枚か、飾ってありますが、これはすべて、御園生さんが、おいでになった場所ですか？」

亀井が、きいた。

「そうです。旅行が、好きなものですから、毎年のように、あちこち、旅行しています。それに、その旅行が、時には、商売を兼ねることもありますから」

と、いって、御園生が、笑った。

「ここに飾ってあるのは、アジアの写真ばかりで、ヨーロッパや、アメリカの写真が、一枚もありませんね？」

亀井が、きくと、御園生は、

「若い時は、ヨーロッパやアメリカにも旅行しましたよ。しかし、この歳になると、やはり、同じアジアの景色や人々のほうが、旅行をしていても、気楽で、心が休まるんですよ」

「もう一つおききしますが、御園生さんは、雨宮健一という名前に、心当たりは、ありませんか？」

と、十津川が、きいた。

「雨宮健一さん？　いや、きいたことはありませんが、いったい、どういう人なんですか？」

「年齢は二十六歳で、サラリーマンです。もうひとり、雨宮健一の友人で、大野修、彼も同じ二十六歳ですが、この名前にも、心当たりは、ありませんか？」

「残念ながら、記憶は、まったくありませんね。その二人は、何をした人たちなんですか？」

「殺人事件に、関係しています」

「殺人ですか。何のために、人を殺したんですか？」

「これは、申しあげにくいのですが、インターネットで商売をやっている人のなかには、あなたのように、いいものを、安く売るのとは反対に、安物や偽物を、高く売りつけるという、そんな商売をしている者もいましてね。そのことが原因で、この二人に恨まれて、殺されたのではないかと思っています。われわれは、この二人の容疑者を、追っているわけです。雨宮健一と大野修とをです。もし、御園生さんが、この二人のことを、しっていたらと思って、おききしてみたのですが、ご存じなければ、仕方がありません」

と、十津川が、腰を浮かした時、突然、激しい爆発音が起きた。

2

廊下に慌ただしい足音がして、男の秘書が、応接室に、飛びこんできた。

「社長、大丈夫ですか？」

と、大声で、いう。

「何があったんだ？　何かが爆発したような音がしたぞ」

御園生が、きく。

「どこかの馬鹿が、模型飛行機を、飛ばしていたんですよ。その模型飛行機が、突然、墜落して、それが、爆発したんです」

と、秘書が、いう。

「模型の飛行機が、爆発するわけがないだろう？」

「それがですね、どうやら、模型飛行機に、爆弾が、くくりつけて、あったようなんですよ」

「その模型飛行機を、見せてもらえませんか？」

十津川が、秘書に、いった。

どうしますかという顔で、秘書が、御園生を見る。

「どこに、落ちたんだ？」

御園生が、きく。

「庭です。庭に落ちて、爆発しました」

「それなら、構わないだろう」

十津川と亀井は、秘書に、案内されて、広い庭に出ていった。芝生の張られた庭に、模型飛行機の残骸が、散らばっていた。

かなり大きな、模型飛行機である。翼の長さは、一メートルぐらいはあるだろう。それが爆発したのか、ばらばらに、なっている。

十津川が興味を持ったのは、その模型飛行機に、二メートルぐらいの吹き流しが結びつけられていることだった。白い吹き流しに、文字が、書かれていた。

十津川は、機体から外して、その文字を読んだ。

〈御園生健一郎よ、お前を殺す。覚悟しておけ〉

それを持って、十津川は、応接室に戻ると、

「こんな吹き流しが、爆発した模型飛行機に結びつけられていましたよ」

そういって、吹き流しを、テーブルの上に、置いた。

「これは、明らかに、あなたを、脅かしていますよ。どうですか、何か、心当たりは、ありませんか?」

「そんなもの、あるはずがないでしょう」

怒った口調で、御園生は、いったが、少しばかり、さっきよりは、取り乱していた。

「それでは、これを、持ち帰って調べてみましょう。どんな人間が何のつもりで、この吹き流しをつけた、模型飛行機を飛ばし、この家の庭に墜落させて、爆発させたのか。あなたには、警察に、訴える気がなくとも、これは、明らかに、あなたに対する、脅迫ですからね」

十津川は、吹き流しを丸めると、無造作に、自分のポケットに、しまいこんだ。

3

その日の、捜査会議で、十津川が確信を持って、三上本部長に、報告した。

「明らかに、御園生健一郎は、自分が、何者かに、狙われていることに、気がついています」

「本当に、自分が、狙われていることを、しっているのかね？」

「間違いなくしっていますね。私が、殺された四人の男女の名前を書いたメモを見せた時、御園生健一郎は、そんな人間たちはしらない、何者かと、逆にきいてきましたが、その目は、まったく、笑っていませんでした。明らかに、四人の犠牲者のことを、しっているんですよ。それから、雨宮健一、大野修という名前にも、反応がありました。この二人もしっているはずだと思います」

三上本部長は、十津川がもらってきた御園生健一郎の名刺に、目をやって、

「ジャパントレードカンパニーか？　そして、ＪＴＣが、会社のマークか。いかにも、もっともらしいな」

「御園生が、いわば、ボスで、東南アジアや中国、韓国などでブランド物の偽物を、作らせたり、あるいは、骨董品の偽物を作らせたりして、安く大量に、買い入れ、殺された三人を使って、インターネットで、売らせていたんじゃないですかね？　そうとしか、考えられません」

「このJTCが持っている、調布市郊外の大きな倉庫は、空っぽだったんだろう？」

「そうです。西本と日下の二人が、調べたところ、何も、入っていなかったそうです。御園生が、一連の殺人事件から、危機感が生まれ、証拠を隠すために、社員に命じて、慌てて、処分させたんだろうとみています」

十津川が、いうと、西本刑事が、

「今朝、もう一度、日下刑事と二人で、あの倉庫に、いってきました。前回聞き込みをした時、近くの人の話では、三、四日間にわたって、従業員が、何かを、燃やしたり、壊していたといっていましたから、その燃え残りなどを、調べれば、何か、わかるかもしれないと思ったのですが、案の定、いくつか見つかったので、持ち帰りました」

テーブルの上に、数個の何かの、燃え残りを載せ、それを、一つ一つ、説明した。

「一番手前にある、革の切れ端ですが、ここには、ご覧のように、シャネルのマークが入っています。銀座《ぎんざ》のシャネルの店に問い合わせたところ、明らかに、偽物だとわかりました。次は、硯《すずり》の破片です。有名な端渓《たんけい》の硯と、同じ彫り物がありますが、こちらも、専門家にいわせると、端渓に似せて作った、ただの石ころだそうです。ほかにも、志野の茶碗とか、古九谷《こくたに》の壺《つぼ》とか、そういったものが、いずれも、破片ではありますが、どれもこれも偽物だということがわかりました」

最後に、十津川が、爆発した模型飛行機に結びつけられていた、吹き流しを、三上本部長に見せた。

「それが、庭に墜落した、模型飛行機についていました。ご覧のように、御園生健一郎に対する、脅迫の言葉が書かれています」

「墜落した模型飛行機には、爆弾が積んであったんだろう？」

「そうです」

「犯人は、あわよくば、御園生健一郎を、殺せると思って、飛ばしたんじゃないのかね？」

三上本部長が、きく。

「それはないと思います」

「どうしてだ？」

「確かに、爆弾をつけて飛ばしていますが、私が見た限りでは、人を、殺せるほどの威力のある爆弾だとは思えませんでした。たぶん、火薬は、花火をほぐして、集めたものを、使ったのでしょう。明らかに、御園生健一郎の命を、狙ったものではなくて、脅しというか、予告ですね」

と、十津川が、いった。

「犯人だが、君は、もう、雨宮健一だとは思っていないのかね？」

「雨宮健一が、犯人だとは、今は思っていません」

十津川が、きっぱりと、いった。

「それじゃあ、誰が犯人だと、思っているんだ？」

「友人の大野修です」

4

「犯人が、大野修だと考える理由を、私にもわかるように、話してもらいたいんだが」

「最初、私は、大野修の言葉を、信じました。例の、SLのC57１号機の話です。雨宮はNゲージの模型は持っているが、HOの模型は持っていなかった。大野修がいうには、友人で、鉄道マニアの雨宮健一が、インターネットを使って、その模型を手に入れたが、送られてきた実物は、ひどいものだった。そこで、二人で、インターネットを使って、その模型を売りつけた河野博史を、訪ねていった。その場で、口論が始まり、雨宮健一がかっとして、河野博史を、殺してしまった。大野修がいう話を、全面的に信用してしまったのです」

「どうして、すぐに、信用したのかね？　いつもの、君らしくないじゃないか？」

「一応、疑いました。大野修が嘘をついているのではないかとです。しかし、これが嘘だとしたら、あまりにも、幼いというか、稚拙《ちせつ》な嘘ではないかと思ったんですよ。大野修は、友人の雨宮健一が、河野博史を殺したといっていますが、証拠は、何一つありませんし、犯人の雨宮健一は、どこかに姿を隠してしまっていて、いまだに、行方がわかりません。となれば、これは、誰が考えたって、まず、大野修を疑いますからね。こんな簡単な、すぐにばれるような嘘をつくだろうかと、思ってしまったのです」

「それが、今になって、どうして、大野修が犯人だと、考えるようになったのかね?」

「それは、殺人現場に置かれていた、C57 1号機の模型のせいです」

と、十津川は、いった。

「しかし、その模型は、今までも、いつも、殺人現場に、置かれていたわけだろう? しかも、同じ『SLやまぐち号』の模型がだよ。それなのに、どうして急に、君の考えが、変わったのかね?」

「先日、雨宮健一のマンションから、彼が持っていた、NゲージのC57 1号機の模型が、何者かによって、盗まれました。そのことがあって、私は、一連の殺人事件の犯人は、雨宮健一ではなくて、大野修だと、確信したのです」

「盗まれたことなら、私もしっている。そのことが、どうして大野修を犯人と確信させたのか、その理由がしりたいんだよ」

と、三上が、いった。

「もし、雨宮健一が、犯人なら、自分のマンションから、NゲージのC57 1号機の模型を、盗み出す必要などないのです。しかし、大野修が、犯人の場合は、まったく違います」

「どう違うんだ？」

「大野修が、犯人だとしましょう。彼は、次々に、殺人を犯していきました。今までに殺したのは、男女合わせて四人です。第一の事件以外の殺人現場には、Ｃ57 1号機の『ＳＬやまぐち号』の模型を、置いていきました。それは犯人が、同一人物で、雨宮健一が犯人だと、思わせるための細工です。大野修は、どんなふうにやったのか？　たぶん『ＳＬやまぐち号』の模型を、最初から、何両か用意しておき、模型全部に、何らかの方法で、雨宮健一の指紋がつくようにしておいたのだと思います。そうしておいてから、邪魔になる雨宮健一を殺したのです。そのあとの殺人現場に指紋をつけたＳＬの模型を置いていけば、犯人は、雨宮健一と思いますからね。今までのところ、それは、うまくいきました。ところが、用意しておいた『ＳＬやまぐち号』の模型が足《た》らなくなってしまったのです。おそらく、四人目に、二宮あさみを、殺してしまったからだと考えます。というのは、ほかの三人に比べて、二宮あさみは、少しばかり、違うからです」

「何が違うのかね？」

「河野博史、西岡由香、荒木浩一郎の三人は、インターネットを使って、安物や偽物を高く売りつけていたことがわかっていますが、二宮あさみは、売っていたわけではなくて、ただ単に、モデルを、務めていただけですから、最初は、彼女を殺すつもりはなかったんだと思いますね。しかし、結果的に、二宮あさみを殺してしまい、そこにも『SLやまぐち号』の模型を、置いておきました。しかし、最後に、御園生健一郎を殺さなければ、この一連の殺人計画は、完結しません。ところが、今いったような理由で、雨宮健一の、指紋のついた『SLやまぐち号』の模型が、足らなくなってしまったのです。JR新山口駅にいって、前と同じように『SLやまぐち号』の模型を買ってくれれば、いいのですが、すでに、雨宮健一を殺してしまっているので、指紋を、つけることができません。そうなればすべて、ばれてしまう恐れがある。そこで仕方なく、大野修は、雨宮健一のマンションに、忍びこんで、Nゲージの C57 1号機の模型を、盗み出したのです。雨宮健一の持ち物ですから、彼の指紋がついているのは当然と思ったのです。私は、こう考えて、大野修が、一連の殺人事件の犯人だと思うようになりました。もし、雨宮健一が犯人ならば、わざわざ自分のマンションに忍びこんで、C57 1号機の模型を盗み出すような、そんな、馬鹿な真似《まね》をする必要が、ありませんから。ほかの捜査員の、意見もきいたうえでの、私の結論です」

5

「今では、君は、大野修が犯人で、雨宮健一は、大野修によって、すでに、殺されてしまっていると、思っているわけだね？」

「そのとおりです」

「では、大野修が、なぜ、殺人を続けているのか、君は、どう考えているんだ？　雨宮健一ではなくて、大野修が、犯人だと考えるようになったとすれば、動機も、わかっているんだろうね？」

「その点ですが、大野修という人間について、これから、徹底的に調べてみるつもりです」

「間に合うのかね？」

三上が、きいた。

「君は、犯人の大野修が、御園生健一郎という男を、最後に殺して、すべての犯行を、完了するだろうと考えているわけだろう？」

「はい。そうです」

「今日の爆弾騒ぎを見るに、犯人の大野修は、おそらく、それほど間をおかずに、御園生健一郎を、始末しようとするはずだ。それまでに、大野修のことを、調べることができるのかね？」

「何とかして、間に合わせるつもりです」

十津川が、答えた。翌日から、十津川は、部下の刑事たちを総動員して、大野修という人間について、再度、あらゆることを調べることにした。彼の交友関係や、女性関係、あるいは、親戚のこと、金銭に関係したことなどである。

最初に、刑事のひとりが聞き込んできたのは、大野修には、横井美由紀《よこいみゆき》という一歳年下の、真剣に、つき合っていた女性が、いたことである。デートをしたり、熱海の宿に泊まりにいったり、恋人と思わせていた、岸本亜矢は、捜査陣に対する、カムフラージュだったのだ。

しかし、彼女は、三カ月前に自殺していた。問題は、自殺の理由である。こうした暗い話は、親しい人間でも、なかなか、本当のことを、話してくれないことを、十津川は、経験的に、よくしっていた。そこで、十津川は、聞き込みの仕事を、女性刑事の、北条早苗刑事にやらせることにした。

北条刑事は、自殺した、横井美由紀の女友だちを中心に、きいて回った。

早苗の思惑どおり、高校時代からのつき合いだというお喋りな女友だちがいて、気になる話をしてくれたという。

「女友だちの証言では、三カ月ほど前の九月初めに、大野修が、横井美由紀の誕生日のプレゼントに、シャネルのハンドバッグを、贈ったのだそうです。もちろん、大野は、それが、本物だと思っていましたし、もらった横井美由紀も、こんなに、高価なブランド品をプレゼントしてくれたと思って、嬉しさのあまり、友だちにそれを、見せて回ったんです。ところが、ある日、それが、まったくの、偽物だということがわかったというのです」

「それで、どうなったんだ？」

「その時、横井美由紀が怒って、恋人の大野修を問いつめれば、よかったのですが、もともと気が弱くて、優しい性格だった横井美由紀は、恋人の大野がしっていて、わざと、偽物のシャネルを自分に贈ったと、勝手に思いこんでしまった。それで、自分は、大野に、嫌われているに違いない。わかれたい、という意思表示に、違いない。だから、本物ではなくて、わざと偽物を贈られたのだと、そう考えて、自殺してしまいました」

「それが、真相か？」

「そうです。大野は、最初、自殺の理由がわからなかったようだと、彼の周りにいた人間は、いっています。大野は、ひとりで、恋人の自殺の原因を調べて、自分がインターネットを通じて手に入れて、彼女に贈ったシャネルのハンドバッグが、自殺の原因だったことを、しりました」

「大野が買ったのは、ブランド物の偽物を、インターネットを通じて、売っていた西岡由香からなんだな？」

「そのとおりです」

「それなら、シャネルの偽物を売りつけた西岡由香を、殺すだけでよかったんじゃないのかね？　それに、なぜ友人の雨宮健一を巻き添えにしたんだろう？」

「西岡由香殺害の動機は、わかるのですが、雨宮の件は、まだわかりません。ただ、私にも考えはあります」

と、北条早苗は、いった。

次の捜査会議の時、十津川は、自分の考えを、三上本部長に説明した。

「この時、雨宮健一は、C571号機の模型のことで、河野博史に騙されていたんだと思います。その上、河野博史は、詐欺グループの一員と思われた。そこで、大野は、雨宮に向かって、一緒に、連中に復讐しようと、誘ったのだと思います。ところが、雨宮に反対された。大野は、雨宮という男は、普段は、温厚でおとなしい男だが、気性が激しいところがあって、かっとして、目の前で、河野博史を殺してしまったと、いっていますが、実際は、反対ではなかったのか。かっとしたのは、大野のほうで、雨宮のほうは、騙されたのは、騙された自分のほうが悪いという気持ちだったのではないか。だから、大野の考えには、反対し、復讐などやめろと、忠告したのではないかと思うのです。大野は、がっかりすると同時に、雨宮の存在が、危険なものになりました。そこで、雨宮を殺し、彼に、罪をなすりつけることを考えたと思うのです」

「それが、大野が雨宮を殺した理由か？」

と、三上が、きく。

「そうです。ほかに考えようは、ありません」

「君の考えが、正しいとすれば、雨宮健一は、すでに、大野によって、殺されているとみていいんだな？」

「そのとおりです」

「そして、近いうちに、大野は、御園生健一郎を、殺そうとするとみていいんだな？」

「そのとおりです」

「殺人現場には、先日、雨宮健一のマンションから盗まれた、NゲージのC571号機の模型が、置かれるわけだな？」

「大野が、こちらの考えに気づかなければ、そうするはずです」

「大野の次の殺人は、どうしても、防ぎたい。防げなければ、われわれ警察としての鼎《かなえ》の軽重《けいちょう》が、問われることになるからね」

と、三上は、いった。

「そのためには、今、何をなすべきだと、思うかね？」

「最善なのは、一刻も早く大野修を見つけ出して、逮捕することです」

と、十津川が、いった。

「そんなことは、わかっている。大野修が、現在どこにいるのか、わかっているのかね？」

「残念ながら、まったくわかりません」

「それなら、狙われている御園生健一郎のほうを、逮捕したらどうかね？」

「逮捕の理由は、どうしますか？」

「偽物の商品をインターネットを通じて、騙して売りさばいているんだから、詐欺罪か何かで、逮捕できるんじゃないのかね？」

「それは、可能ですが」

「だったら、それでいい」

「確かに、御園生健一郎の身柄を確保するのは簡単ですが、そうなると、犯人の大野修を逮捕することが、難しくなってしまいます。まさか、大野修が、警察に乗りこんできて、御園生健一郎を、殺すとは、思えませんから」

と、十津川が、いった。

「現在、御園生健一郎の周辺には、何人の人間がいるんだ？」

「お手伝いと、秘書二人、それに、運転手の合計男女四人の人間がいます。そのうちの男の秘書は、二十八歳の独身で、大学時代に、ボクシングをやっていたそうですから、いわば、用心棒代わりといったところではないかと思われますね」

「つまり、常時四人の人間がいるわけだね？」

「そういうことに、なります。御園生健一郎が動かなければ、大野修ひとりでは、御園生健一郎には、とても、手を出せないと思います」

「御園生健一郎は、猟銃を、二丁、持っているそうじゃないか？」

「イギリス製とアメリカ製の、猟銃を二丁、持っています」

「刑事も、御園生邸の周辺に配置してあるんだろうね？」

「四人の刑事を交代で、二十四時間見張らせています」

「御園生邸の図面も、手に入れているんだろうね？」

「もちろん、用意してあります」

十津川は、御園生邸の図面を取り出すと、黒板に、張った。

三上は、その図面に、目をやっていたが、

「この黒い線は、御園生邸を取り囲んだコンクリートの塀か？」

「そうです。最近になって、塀の高さを高くし、忍び返しも、つけられています」

「こんな屋敷を、ひとりで、襲うというのは、まず無理だな」

「それを、大野修が襲うとすれば、どんな手段をとるのか、そこがわかりません」

「君が亀井刑事と一緒に、訪ねていった時、模型飛行機が、飛んできて、それに取りつけてあった爆弾が爆発したんだったな？」

「そのとおりです」

「その犯人は、大野修だと思うかね？」

「もちろんです。大野が、御園生健一郎を脅かすつもりでやったのです」

「大野修は、また、同じことをやると思うかね？」

「そうですね、塀も高くなりましたから、簡単には、あの屋敷に、忍びこむことはできません。ですから、もう、一回ぐらいは、脅かしで、爆弾を積んだ模型飛行機を、飛ばすかもしれませんが、それで、御園生健一郎を殺せるとは思えません」

「しかし、大野修が、模型飛行機の馬力を、大きくして、もっと強力な爆弾を積めば、御園生健一郎を、殺せないまでも、怪我を、負わせることぐらいは、できるんじゃないのかね？」

「その可能性があるので、御園生邸の周辺にあるマンションの屋上を調べるように指示しておきました。大野修が、模型飛行機を、飛ばそうとすれば、高さのあるマンションの屋上からと考えられますから」

と、十津川が、いった。

6

現在、御園生健一郎の屋敷の周辺を警備している刑事は、西本、日下、三田村、そして、北条早苗の、四人である。

日下刑事は、模型飛行機が好きで、自分でも作って、河原や学校の校庭などで飛ばしたことがあるので、西本と二人で、周辺のマンションを調べることになった。御園生邸周辺の地図を見ると、大野修が個人で、あの屋敷に、忍びこむことは、まず無理だろうと思われる。忍びこむことはおろか、建物に近づくことさえ、まず、不可能だろう。

そうなれば、模型飛行機を使うのが一番安全で、効果的だろうと、十津川は、思うように、なってきた。

模型飛行機、特に、模型のヘリコプターを使えば、二、三キロの爆弾を積んで飛ばすことは、決して、難しくはないと、十津川は、専門家からきいた。実際に、ヘリコプターの大型の模型にカメラを積んで、地図を作るために、上空から撮影することがおこなわれているし、田畑に農薬を散布するために、模型のヘリコプターが使われることも、決して珍しいことではないと、専門家は、教えてくれた。模型のヘリコプターの、操縦は難しいが、慣れればできないことではないともきいた。

先日の模型飛行機に積まれていたのは、花火の火薬を集めた爆発力の小さい爆弾だったが、強力なダイナマイトを使って、空から、御園生邸を襲うことも、充分に可能なのである。十津川と亀井は、渋谷《しぶや》にある、大手の模型専門店にいって、どのくらいの大きさの模型ヘリコプターがあるのかを、調べた。

その店にあったのは、三キロまでの重量のものを載せて飛ぶことができるという模型のヘリコプターだった。値段は、三百万円である。

「値段がついているということは、売り物ですか？」

亀井が、きくと、

「買いたいという方がいれば、喜んでお売りしますよ。現に、同じものが、二台売れていましてね、一台は、地図を作成する会社が買っていかれましたよ」

と、店主が、いった。

十津川が、大野修の顔写真を渡して、

「もしかして、この男が、買ったんじゃありませんか？」

「いえ、この人では、ありませんね。もっと年配の方でした」

と、店主がいった。

十津川は、もし、この男が、大型のヘリコプターか飛行機の模型を買いにきたら、すぐに、しらせてくれるように頼んだ。さらに、都内のほかの店には、購入客がいなかったか、刑事たちに、調べさせることにした。

次に、二人は、永福町の御園生邸の近くにある、マンションの屋上に、あがってみることにした。その一つ、十二階建てのマンションの屋上にあがっていくと、西本と日下の二人がいて、双眼鏡で、近くにある御園生邸を監視していた。

「ここから見ると、御園生邸は、すぐ近くだね」

と、十津川が、いった。

「そうですね。地上にいると、あの高い塀が、邪魔になって、なかの様子が、まったくわかりませんが、ここから、見下ろすと、高い塀も、全然邪魔になりません。庭にいるお手伝いさんや、秘書の姿も、はっきり見えますし、車が出入りする様子も、すべて、手に取るように確認できます」

と、日下が、いった。二人の会話に割りこむように、十津川の携帯電話が鳴った。相手は、本多一課長だった。

「都内で、ダイナマイトが五本、盗まれたという報告があった。板橋《いたばし》区内の倉庫から盗まれたもので、犯人は、まだわかっていない」

十津川と亀井は、その倉庫に、いってみることにした。

二人は、管理責任者に、会って、話をきいてみた。

「昨日、作業を終えてから、数えてみたら、ダイナマイトが五本、足りなくなっていました。それで、すぐ、警察に届けたのです」

と、責任者が、いった。

「犯人に、心当たりはないのですか?」

「いえ、ありません」

「ダイナマイトが、盗まれるというのは、よくあることですか?」

亀井が、きくと、相手は、

「とんでもありません。こんなことがしょっちゅうあったら、大変ですよ。ここで五本ものダイナマイトが盗まれたのだって、もちろん、初めての、ケースですよ」

と、いった。

もちろん、この、倉庫から五本のダイナマイトを盗んだのが、大野修かどうかは、わからない。

しかし、十津川は、頭のなかで、

(大野修であってもおかしくはない)

と、考えていた。

第七章　最後の叫び

1

突然、捜査本部に、一通の手紙が届けられた。黒枠の手紙である。

宛名は「ＳＬ模型連続殺人事件捜査本部御中」となっていて、差出人の名前は、どこにもない。

封筒のなかには、市販の便箋《びんせん》二枚に、次の文言が、パソコンで打たれていた。

〈すでに、警察はおわかりかと思いますが、私の親友、雨宮健一は、亡くなっております。私が、殺しました。その理由については、勝手に、想像してくださって、結構ですが、私にとっては、今も、なぜ親友を殺してしまったのか、悔《かい》恨の情に押し包まれています。

できれば、きちんとした葬儀をと思いますが、逃亡中の私には、それができません。今の私は、すでに、四人の人間を殺している犯罪者です。いや、親友の雨宮健一を数えれば、五人もの人間を殺しています。こんな私に、弔《とむら》われても、雨宮は、嬉しくはないでしょう。それで警察にお願いしたいのです。雨宮健一の遺体は、青梅《おうめ》の山中に、仮に埋葬してあります。このままでは、忘れられ、朽《く》ちてしまうでしょう。その場所を示す地図を同封しておきますので、ぜひ、警察で、雨宮のために、葬儀を執《と》りおこなってやってください。この手紙に、私の預金通帳を同封しておきますので、僅かな金額ではありますが、その費用に充《あ》ててくだされば、幸いです。

私が、自首してお願いすれば、よいのかもしれませんが、私には、まだやらなければならないことが、残っておりますので、残念ながら、それができません。その望みを果たしたあとも、私が生きておりましたら、喜んで自首することを、約束します。

私は、最初の殺人を、雨宮が犯人のように話しましたが、たぶん、もう、お察しのことと思いますが、あれは、嘘です。今までのすべての殺人は、私がひと

りで実行しました。雨宮は、それに反対していたのです。このことは、亡くなった雨宮の名誉のために書いておきます〉

手紙の終わりには、名前の代わりに、SL二両のシルエットが、描かれていた。

ほかに、大野修名義の預金通帳と東京の郊外、青梅市周辺の地図が入っていて、山の中腹あたりに、赤で、×印が、書かれてあった。

預金の金額は、二百八十五万二千円だった。

2

「君たちは、この手紙を、どう考えるかね?」

十津川は、刑事たちに、きいた。

「信用できません」

と、いったのは、西本刑事だった。

「そうか、君には、信用ができないか」

「今、犯人は、御園生健一郎を、何とかして殺そうと、考えていると思うのです。屋敷の周辺は、われわれが監視していますし、屋敷のなかにも、用心棒を兼ねた、若い秘書など、四人の人間が、寝起きしています。簡単には、御園生健一郎を、殺すことはできません。そこで、犯人は、われわれの注意を、東京の郊外、青梅に、向けさせようとしているとしか、考えられません。そうしておいて、御園生健一郎を殺す気だと思います。したがって、われわれが、この地図にある、青梅の山中にいって、×印の箇所を掘り起こすのは、悪戯に、犯人に、御園生健一郎殺しのチャンスを、与えてしまうだけだと、考えます。この手紙は、無視したほうが、いいのではないかと思います」

と、西本が、いった。

「ほかに、意見のある者はいないか？」

十津川が、いうと、今度は、北条早苗刑事が、口を開いた。

「これは、誰にでもわかりやすい手紙です。青梅の山中に埋められているという死体ですが、これは、間違いなく、雨宮健一だと思います。私はまず、埋められている死体が、雨宮健一かどうかを、確認することが、先決だと思うのです。われわれが、そちらに、注意を向けている間に、犯人が、御園生健一郎を、襲う危険がある。西本刑事は、そういいましたが、それなら、あと十五、六人の刑事を、動員して、御園生邸の周辺を監視してもらえばいいのです。われわれが青梅にいって、死体を、掘り起こしていても、それだけの警官が監視していれば、犯人が、御園生健一郎を、狙うチャンスはないでしょう」

と、早苗が、いった。

「私の考えは、こうだ」

と、十津川が、いった。

「この手紙に書かれていることが、事実か、それとも、われわれを、迷わせようとする嘘かは、私にもわからない。しかし、雨宮健一は、すでに死亡している。理由はわからないが、大野修に殺されたとみている。が、まだ確認はされていない。確かに、この手紙は、陽動作戦かもしれないが、雨宮健一の生死については、いつか確認しなければならないことだよ。それに、もう一つ、この手紙の文章には、大野修の、雨宮健一に対する友情のようなものを感じるのだ。青梅の山中には、間違いなく、雨宮健一の死体が、埋められていると、私は、確信している」

十津川のこの言葉で、青梅の山のなかを掘り起こすことが、決まった。

十津川は、三上本部長に頼んで、十五人の刑事の増員を要請し、その刑事たちを、御園生健一郎邸の監視に回して、自分たちは、ただちに、青梅に向かった。

十津川は、その間、犯人は、御園生健一郎を襲わない気がしていた。

ただ、現地にいってみると、死体を掘り起こすのは、それほど、簡単ではないことがわかった。

手紙の主は、青梅市周辺の地図を同封し、その近くの山に、×印をつけて、そこを掘れと指示している。

しかし、犯人が、地図の上に、書いた×印が大きすぎて、まるで、一つの山全体を指し示しているようにしか見えないのである。

「明らかに、犯人の、作為のようなものを感じますね。この山全体を掘り起こすのは、無理ですよ。たぶん、犯人は、こうやって、われわれを、この山に、張りつけておいて、その間に、御園生健一郎を、狙うつもりですよ」

と西本が、主張した。

「君のいうとおりかもしれないが、何としてでも、埋められた死体を、見つけ出すんだ」

と、十津川が、いった。

この青梅市の裏山まで、雨宮健一の死体を、運んできて穴を掘り、そこに埋めたとすれば、その往復には、車を使っただろう。

自分の車、あるいは、盗んだ車を使って、死体を、ここまで運んできたと考えれば、捜すのは、さほど、難しいことではないと、十津川は、考えた。

死体を車に載せて、運んできたとすれば、犯人は、車が通れるような、それだけの幅を持った山道に、入っていったことは、間違いない。軽自動車で運んだこ とも、充分に、考えられるから、道の幅は、軽自動車の幅と、考えたほうがいいだろう。

十津川は、乗ってきたパトカー二台を、山の麓に駐車させると、青梅駅の近くにある、レンタカーの営業所に協力要請して、軽自動車を、二台、持ってこさせ、麓から山道を、登っていった。

山道が、二股になっているところでは、二台の軽自動車を、使って、両方の道を調べていくことにした。

車で死体を運んで、山道を、あがっていく。どこか、適当な場所を見つけたら、そこに、車を駐め、その場に、死体を埋めるのではなくて、車が入っていけない狭い山道を、死体を引きずって進み、林のなかか、あるいは、崖の下かに、死体を、埋めたに違いない。

そこで山道が急に狭くなったり、いき止まりになっているところでは、十津川たちは、軽自動車を降りて、その周辺を、丹念に調べていった。

林のなか、雑草のなか、あるいは、崖下などに穴を掘った形跡が、ないかどうかを、入念に調べていく。これはと思われる場所を、何カ所か掘ってみた。

しかし、死体は、出てこなかった。

そのうちに、周囲が、暗くなっていく。

十津川は、刑事たちに、明るくなるまで、車のなかで、眠るように指示を出した。

3

青梅市内のコンビニで買ってきた菓子パンと牛乳、それで簡単な夕食をすませてから、十津川たちは、狭い車のなかで、ひとまず、眠ることにした。車のなかは窮屈で、寝苦しい。

何とかうとうとしているうちに、やがて、夜が明けてくる。

十津川が、いち早く目を覚まして、車の外に出ると、体操を始めた。

そのうちに、亀井刑事が起きてきて、十津川と一緒に体操を始めた。

「警部は、死体が出てくると思いますか？」

亀井が、体を動かしながら、十津川に、きいた。

「私は、間違いなく、死体が埋められていると思っている。だから、見つかると考えている」

「しかし、西本刑事は、ここには死体はなく、犯人の狙いは、われわれの注意を、そらせることだといっていますが」

「もちろん、その可能性もある」

「警部は、どうして、雨宮健一の死体が、ここに、埋まっていると確信されているんですか？」

「今まで、犯人は、死体のそばにＳＬの模型を置いていった。第一の事件をのぞいてだ」

「そのことは、わかっていますが、それは、連続殺人の犯人が雨宮健一だと、われわれに、思いこませるために、わざわざ、ＳＬの模型を置いていったと、思いますが」

「確かに、それも、あると思うが、犯人には犯人なりの、殺しをする理由が、あったはずだ。犯人は、この山のどこかに死体を埋めていて、われわれが、掘り起こした時には、そこに、犯人のメッセージのようなものが、残されているんじゃないかと、私は思っているんだよ。だから、犯人は、死体を見つけてほしいんじゃないか？」

と、十津川が、いった。

夜が明けるとともに、警察犬も、出動させ、作業が再開された。昼までに、三カ所を掘り、午後になって、四カ所目を掘ったところで、死体が、やっと見つかった。

死体は、木箱に入れられ白骨化していた。

白骨の上に、ジャンパーが載せられ、そのジャンパーを着た、雨宮健一の写真が置かれていた。

さらにジャンパーのポケットから、運転免許証が見つかり、それは、雨宮健一の免許証だった。

ジャンパーの下、白骨の上には、分厚い封筒があった。封筒の中身は、三枚の便箋で、そこには、パソコンで打たれた、警視庁捜査一課宛てのメッセージが綴《つづ》られていた。

〈警察の皆様へ。

この死体が発見される時には、すでに、事件の全容を把握されていることと思います。

通信販売は、今や、日本全国にいきわたり、また、便利でもあります。

しかし、それを悪用しようとする人間が、いるものです。

インターネットを通じて暴利を貪《むさぼ》り、人を騙し、その上、私が愛していた女性まで、自殺に、追いやったグループがいます。

そのボスが、御園生健一郎です。この男のことも捜査を続けてこられた警察には、すでに、明らかになっていると思います。

また、私が、今までに、河野博史、西岡由香、荒木浩一郎、二宮あさみの四人を殺し、最後に、御園生健一郎を殺すことを決めている、その動機についても、警察は、すでに、わかっていらっしゃるものと思っています。ですから、そのことについては、何も申しあげることはありません。

最後に、警察の皆さんに、お願いがあります。ここに埋めた死体は、皆さんの想像のとおり、私の友人、雨宮健一です。

できれば、彼の故郷である山形《やまがた》県の米沢《よねざわ》に、彼の先祖代々の墓があるそうですから、そこの寺に、埋葬してくださいませんか？　あとは、何も思い残すことはありません〉

白骨のそばには、例のプラスチックケースに入った「SLやまぐち号」の模型が、添えられていたが、もう一両、別のスタイルのSL模型も置いてあった。

「もう一両のSLは、何の意味だろう？　警察に届けられた手紙にも、二両のSLのシルエットが、描かれていたが」

と、十津川は、亀井に、いった。

「確か『SLやまぐち号』が走る時、もう一両SLを接続して、重連で牽引する時があるそうで、その時の二両目のSLです。有名なのは貴婦人号と呼ばれるC57 1号機ですが、もう一両のほうは、C56 160形と、呼ばれているそうです」

「なぜ、大野修は、こんな重連のサインを、送ってきているのかな？」

「たぶん、雨宮健一との絆の強さを示そうとしているんじゃありませんか？　やむなく殺してしまったが、本当は、親友だったのだと」

「殺しておいてか？」

「そうです。鑑定が終わったら、どうしますか？　警察で、白骨死体を、茶毘《だび》に付しますか？」

「それは、大野修を逮捕してからだ」

と、十津川は、いった。

十津川たちが、御園生邸の警護に戻った翌日の、十二月二十九日、それを待っていたように、犯人の攻撃が、開始された。

4

犯人が使用したのは、大型の模型ヘリコプターである。御園生健一郎の屋敷の上空まで、くると、そこでホバリングを始めた。

屋敷のなかに、こもっていた当主の御園生健一郎や、用心棒の秘書などは、不安げに、頭上で、静止しているヘリコプターを、じっと見つめている。

そのうちに、御園生が、自慢の猟銃を、取り出してくると、ベランダで、弾をこめ、いきなり引き金を引いた。弾丸は、見事に、模型のヘリコプターに命中した。

ヘリが爆発し、それと同時に、白いボールのような塊《かたまり》が、雨のように落ちてきて、屋敷の二階に降り注いだ。

その白い球は、屋根にぶつかると爆発し、白い煙を、吐き出した。

白煙が、御園生邸を押し包んでいく。

十津川たちは、近くのビルの屋上に集まって、ヘリコプターが、飛んできた方向を見つけようとした。

巨大な、模型のヘリコプターである。ラジコン操作を、しているのだろうが、電波の届く範囲を考えれば、それほど遠くから、操作しているわけではないだろう。かなり近くに、大野修がいるはずである。

「また、ヘリコプターがきます!」

西本刑事が、空の一画を指しながら、怒鳴った。

西本が、指さす方向を見ると、同じような模型のヘリコプターが、御園生邸に向かって飛んでくるのが見えた。

御園生は、相変わらず、猟銃を構えてはいたが、今度は、撃とうとはしなかった。前に飛来した模型のヘリコプターは、弾丸が、命中すると、小さな爆弾のようなものが降り注いできたからだろう。

屋敷の二階は、白煙に包まれている。

「西の方向のビルの屋上に、人影が見えます！」

日下刑事が、大声で、怒鳴った。

なるほど、十津川たちがいるビルの、反対側の方向にある、七階建てのビルの屋上に、人影のようなものが、見えた。

あそこから、大野修が、模型のヘリコプターを、操作しているのだろうか？

「すぐにいってみろ！」

十津川が、怒鳴り、西本と日下の二人が、非常口を、駆けおりていった。

突然、ホバリングしていた模型のヘリコプターが、爆発した。

今度も前と同じように、丸い塊が、雨のように降り注いでくる。

その丸い塊がぶつかって破裂すると、今度は煙ではなくて、炎を噴きあげた。

遠くから、消防車のサイレンの音が、きこえてきた。

御園生の屋敷が炎と白煙に包まれている。おそらく、それを見た人が通報して、消防車が駆けつけてきたのだろう。

消防車が二台、三台と、やってきて、放水を始めた。

二階にいた御園生健一郎や、その秘書たちは、慌てておりてくると、炎と白煙に追われるように、広い庭に、飛び出していった。

十津川たちは、ビルの階段を、駆けおりると、御園生邸を目指して、全速力で走った。炎と白煙に包まれた、御園生健一郎の屋敷へ、消防隊員が、懸命に放水している。その混乱に紛れて、大野修が、屋敷のなかに、入りこんでくる恐れが、あったからである。

すでに模型のヘリコプターは墜落しているのに、屋敷のなかに充満している白煙は、一向に薄くならなかった。それどころか、時々、軽い爆発音がきこえて、そのたびに、炎と白煙が濃くなっていった。

ヘリからだけでなく、誰かが、御園生邸のなかに発煙筒を持ちこんで、それを爆発させているに違いないと、十津川は、思った。

刑事や、屋敷の人間が、そんなことをするはずはない。

とすれば、この白煙の海のなかに、大野修がいるに、違いない。

「注意しろ！」

十津川が、大声で、怒鳴った。

その時、白煙のなかから、何発かの、銃声が、きこえた。

「気をつけろ！　この煙のなかに、犯人がいるぞ！」

十津川が、大きな声で、怒鳴った。

この白煙のなかで、刑事が、拳銃を、発砲するはずはない。もちろん、屋敷の使用人たちも、拳銃は、持っていないだろう。

撃ったのは、御園生健一郎かもしれない。怯えて、猟銃の引き金を引いたのか。とすれば、近くに、大野がいるのか。

消防車三台による放水が、続いている。徐々に、炎と白煙が消えていく。

突然、小さな爆発音がして、十津川の周りの風景が、振動した。勝手口で、ガス爆発か何かが、起きたのだろう。

白煙が、どんどんと、薄くなっていく。

炎も、徐々に、消えていく。

消防車の放水が、止まった。

十津川は、万一に備えて、拳銃を取り出した。犯人が、拳銃を用意して乗りこんできていることも、充分に、考えられたからである。

白煙が消えていくのと逆に、十津川の周りの景色がゆっくりと見えてくる。

近くに、亀井刑事の姿があった。全身、ずぶ濡れになっている。

十津川も、自分の洋服が、濡れていることにやっと気がついた。消防車三台による放水が、ものすごいものだったことを、物語っていた。

「犯人と、御園生健一郎を捜せ！」

また、十津川が、怒鳴った。

声がかすれている。たぶん、煙を吸いこんで、しまったのだ。

爆発や銃声や放水が続いていたのだが、それが、止まって周りが見えてくると、家全体が、それほど、壊れていないことに気がついた。ヘリコプターを使っての爆撃は、爆弾そのものより、発煙筒のほうが、数が多く、大きさも大きかったからだろう。

刑事たちと、屋敷の使用人たちが、必死になって、家のなかを、捜している。

しかし、肝心の御園生健一郎の姿が、どこにも、見当たらない。犯人の大野修の姿も、である。

地元の警察署の刑事も、続々と、集まってきた。

鉄筋コンクリート二階建ての、御園生邸は、鉄筋とコンクリートの外観だけを残して、部屋のなかは、焼け落ちて、くすぶっていた。

十津川は、そこにいた人たちを、庭に集めた。

どの顔も疲れて、煤で、黒ずんでいる。

十津川は、ひとりひとりを、確認していった。御園生の秘書たち、運転手、お手伝いと、ひとりひとり確認していく。

しかし、肝心の、御園生健一郎の姿も、大野修の姿もない。

十津川は、その確認をしたあと、警視庁の指令室に電話した。

「犯人、大野修と、御園生健一郎の姿が見えない。至急、パトカーを、動員して、捜してくれ」

西本と日下の二人が、ビルの捜索から帰ってきた。

「大野修に、出し抜かれました。ビルの屋上の、人間のように見えたものは、人形でした。明らかに、あのビルの屋上に、前もって人形を立たせておいたものと、思われます」

と、西本が、忌々《いまいま》しげに、いった。

そんな刑事たちに向かって、十津川は、

「今の騒ぎに紛れて、犯人の大野修が、御園生健一郎を、拉致したものと思われる。混乱のなかで、車の音はきこえなかったから、屋敷から、車に乗せて、逃げ出したとは、思えない。おそらく、屋敷の近くに、車を駐めておいて、そこまで御園生健一郎を引きずっていって逃亡したはずだ。そのつもりで、この屋敷の周囲の聞き込みを徹底的にやってくれ。どこかに、大野修の車が、駐まっていたはずだからな」

と、いった。

5

パトカーからの報告が、刑事たちよりも、先に届いた。

関越《かんえつ》自動車道を、それらしい二人が、乗った車が、北に向かって、猛スピードで、走っているという。

すぐ、警視庁のヘリコプター二機が、飛び立った。

十津川たちも、パトカーを、関越自動車道の入り口に向けて、走らせた。少しずつ、情報が、十津川と亀井の乗っている、パトカーに届いてくる。

大野修と御園生健一郎と思われる二人が乗った車は、ワンボックスカーで、プレートナンバーも報告されてきた。

（これで終わりだな。やっと、犯人が逮捕できる）

と、十津川は、思った。

6

問題の車は、最初の、サービスエリアの高坂《たかさか》ＳＡに入って、駐まった。

ヘリからの報告でパトカーが集まってくる。

十分、十五分……。

奇妙なことに、問題の、ワンボックスカーは、サービスエリアの、駐車場に駐まったまま、一向に、動かない。運転していた大野修と思われる男も、一緒に、乗っているはずの、御園生健一郎も、車から降りてくる気配が、なかった。

その車を、追ってきたパトカーが取り囲み、少し遅れて、十津川たちも、サービスエリアの駐車場に入っていった。

そのワンボックスカーの周囲だけ、ほかの車がなく、その代わりに、警視庁のパトカー六台と、地元の警察署の、パトカー二台が取り囲んでいた。

十津川の乗ったパトカーも入っていった。

十津川が、捜査陣を代表する形でマイクを使い、ワンボックスカーのなかにいるはずの、大野修に、呼びかけた。

「君は、完全に、包囲されている。逃げる余地は、どこにもない。ここまできて、御園生健一郎まで、殺すことはないだろう。今すぐに、車の外に、出てきなさい」

「あと三十分待ってくれ」

と、男の声が、いった。

「三十分したら自首する」

「大野修か？」

「ああ、そうだ」

「君のそばには、御園生健一郎もいるのか？　無事なのか？」

「ああ、いる。相当弱っているが、生きている」

十津川は、救急車二台を手配するように、地元の警察の刑事に、頼んだ。

三十分がすぎた。

「三十分経ったぞ。約束だ。おとなしく出てきなさい」

十津川が、いった途端に、突然、目の前のワンボックスカーが、爆発した。

おそらく、その三十分の間に、車内に、ガソリンを撒き散らしていたのだろう。

見る見るうちに、真っ赤な炎が、車を包んでいく。

「うまくやったぞ！」

という、大きな声が、きこえたような気がした。

消防車が、二台、三台と駆けつけてきて、放水を始めた。

十津川は、少し気抜けしたような感じで、目の前で、大きな炎をあげて燃え続けている車を見つめた。

7

火が消えると、焼け焦げ、残骸となったワンボックスカーのなかから、二人の死体が、発見された。

大野修と御園生健一郎と思われる、二人の死体である。

十津川は、ひどく、不安定な気分になっていた。こんな終わり方に、なるはずではなかったのだ。

十津川は、御園生健一郎の屋敷と、サービスエリアのワンボックスカーの、この二つの焼け跡から、必死になって、ある物を捜していた。

犯人の大野修が、雨宮健一のマンションから盗み出した、NゲージのC57 1号機の模型である。

だが、どちらの焼け跡からも、発見されなかった。

十津川と部下の刑事たちが、捜査本部に戻ると、三上本部長は、すでに事件は終わったと、見ていた。

「犯人の大野修は、焼死体となって、発見された。御園生健一郎の、死体もだ。血液型や体の傷の特徴などから見て、それが、大野修と、御園生健一郎であることは間違いないということになった。連続殺人を食い止めることが、できなかったのは、非常に残念だが、これで、連続殺人事件の捜査は、終わったことになる。それなのに、どうして、君はまだ、いったい何を、捜しているのかね?」

三上が、十津川を見た。

「NゲージのC57 1号機、通称『SLやまぐち号』です。また、この蒸気機関車は『SL貴婦人号』ともいわれています。その模型が、まだ発見されていません」

「それが見つからないと、何か、困ることでもあるのかね？」

「第一の殺人以外では、犯人は必ず、殺人現場に『SLやまぐち号』の模型を置いていきました。最後の標的、御園生健一郎を殺す前に、犯人は、NゲージのC57 1号機を、盗み出しているのです。それがどうしても必要だったからです。次の殺人現場にも、その模型を、置いていくに違いないと、思っていました。もし、この連続殺人が、一つの目的を持っていたとしたら、犯人は、それを、示そうとして、わざわざ、最後の標的、御園生健一郎のために、そのNゲージのC57 1号機を、盗み出したはずです。ところが、この結末は、予想外でした。殺して、SLの模型を残して、犯人は、逃亡するはずなのに、まるで心中でもするように、火を、つけてしまいました。何よりも、不審なのは、あのNゲージのC57 1号機の模型が、自爆現場にもなくて、しかも、どこにいったのかも不明なことです。犯人は、C57 1号機のSLの模型を現場に置くことによって、自分の意思を、あるいは、殺人の理由を、示してきたのです。それが最後になって崩れてしまいました。これはいったい、どういうことでしょうか？」

と、十津川が、いった。

十津川が気になっていることは、もう一つあった。

サービスエリアの駐車場で、犯人の大野修は車を爆破して、最後のターゲット、御園生健一郎と、まるで心中でもするように、焼死してしまった。

あの炎のなかから、男の声が、きこえたのである。

「うまくやったぞ！」

という叫びである。

御園生健一郎の声ではない。犯人、大野修の声だ。

「調べたいことは、残っています」

と、十津川は、改めて、三上に、いった。

あの「うまくやったぞ！」というのは、誰に向かって、いったのか？

自分に、向かって、いったということも考えられる。

しかし、十津川には、そうは、思えなかった。

あの場所にいない誰かに向かって、叫んだのではないだろうか？

ひとりだけ考えられるのは、親友の雨宮健一である。

「自分が、やむなく殺してしまった親友に向かって、叫んだんじゃないだろうか？」

と、十津川は、亀井に向かって、確認するかのように、いった。

「確かに、大野は、親友の死体のそばに置いた手紙で、友情らしきものを、示唆《しさ》していますが、それほど、強い友情があるなら、なぜ殺してしまったんでしょうか？」

亀井が、首をかしげた。

「殺してないんじゃないだろうか？」

「しかし、死体がありましたよ」

「白骨で、運転免許証があったから、われわれが、そう考えただけかもしれないぞ」

「では、雨宮健一は、今、どこにいるんですか？　それに、今回の事件で、どんな役割を演じていたんでしょうか？」

「それを、今から考えてみたいんだ」

「雨宮が生きている証拠がありますか？」

「預金通帳だよ」

「送られてきたのは、大野修の通帳ですが」

「そうだ。だから、雨宮健一は、生きていると考えるんだよ」

「よくわかりませんが」

「いいか。あれは、大野の全財産だ。だとすると、大型の模型ヘリや、火薬や、発煙筒は、どうやって、手に入れたのか。先に引き出した二百万円だけじゃなく、雨宮健一の預金を、使ったんじゃないか。ほかに、金の出所は、考えられないじゃないか」

「じゃあ、雨宮は、大野の共犯ですか?」

「精神的な共犯だと、私は、思っている」

「精神的な、ですか?」

「そうだよ」

十津川は、一つのストーリーを話した。

大野修は、御園生たちに、恋人を自殺に追いこまれて復讐を考えていた。親友の雨宮健一は、それをしって、自分も鉄道模型の詐欺に遭ったこともあり、協力を申し出た。大野は、一応、断ったが、雨宮は、どうしても、手伝うといった。

そこで、大野は、君の名前を使わせてくれといい、君を、悪人にしてもいいかときいた。雨宮が、ぜひ使ってくれというので、まず、河野博史を殺し、犯人は、雨宮健一だということにして、われわれを騙した。次の西岡由香殺しもだよ。二人も殺せば、われわれも、雨宮が、犯人に、間違いないと、疑い出す。それも、大野と雨宮は、計算ずみだったはずである。

荒木浩一郎殺しは、熱海に、岸本亜矢と、泊まっていたが、監視中の、刑事の目を、盗み、鎌倉まで、出かけていき、犯行に、及んだのだろう。

雨宮は、資金の提供も、申し出たに、違いない。部屋に、残していた、預金通帳とは、違う、それも、かなりの金額の、預金が、あったに違いない。

雨宮は、姿を消して、大野に殺されたと思わせる。それも、計算ずみだろう。

「それでは、NゲージのC57 1号機を、なぜ、盗み、今、どこにあるんでしょうか？」

と、亀井が、きいた。

「これから、別の人間として、ひとりで生きていく雨宮健一が持っているはずだよ。彼にとって、その模型は生き甲斐のようなものだからね」

「どうして、二人は、こんな役割を作ったんでしょうか？」

「二人の間で、こんな話が、交わされたんだろう。どうしても、協力したいという雨宮に向かって、大野がいった。あんな連中を殺すのに、二人が、刑務所にいく必要はないとね」

「では、青梅で発見された白骨死体は、誰なんですか？」

「ホームレスが、たくさんいる。階段からでも、転落し、頭を打って、死んでいたホームレスの死体を、どこかに、埋めておく。それが、白骨化したところで、青梅の山中に、埋め直したんだろう」

と、十津川が、いった。

急遽《きゅうきょ》設けられた捜査会議で、十津川は、三上本部長に自分の考えを、説明した。

「今も、雨宮健一は生きていて、どこかの小さな温泉旅館に泊まり、枕元に、C571号機のNゲージの模型を置いているんだと思います」

「それが、大野と雨宮の約束したことか？」

三上が、いう。

「そうです。それが、彼らなりの友情なんでしょう」

「許せんな」

「許せません」

「しかし、どうやって、雨宮健一を、見つけるんだ？」

と、三上が、きいた。

「幸い、まだ、今回の事件の最後の模様は、新聞にも、報道されていません」

「しかし、犯人の大野修が、御園生と一緒に爆死したことは、ニュースになってしまっているぞ」

三上は、いう。

「大野が、最後に『うまくやったぞ！』と、叫んだことは、ニュースになっていません」

「あれは、意味がわからないので、マスコミが、取りあげないんだろう」

「そこで、別の言葉にして、記者会見で、発表してください」

と、十津川は、いった。

「どんな言葉だ？」

「そうですね。『助けてくれ！　ひとりでは、死ねない！』がいいでしょう」

「それで、雨宮健一が現れると思うか？」

「本当の親友なら、現れるはずです」

と、十津川は、いった。

大晦日を、翌日に控えた、その日、記者会見で、三上本部長が、その言葉を伝えた。

捜査本部は、解散せず、十津川たちは、雨宮健一の連絡を待った。

十津川は、机の上に、青梅山中の、白骨死体の、そばに、置かれていた模型、C57 1号機と、C56 160形の二重連を置いて、眺めていた。

大野は、自分たちの友情の深さを誇るように、このSLの二重連を置いた。本当に、こんな強い友情で、二人が、結ばれているのなら、必ず、雨宮は、電話してくるだろう。

電話が、鳴った。

この作品はフィクションで、作中に登場する個人、団体名など、全て架空であることを付記します。
本文中「SLやまぐち号」撮影ポイントについては『国鉄時代vol・20』（ネコ・パブリッシング刊）に掲載された「長門路にC57 1を追う」（吉永昂弘）を参考にさせていただきました。

本書は二〇一四年六月、祥伝社より刊行されました。

双葉文庫

に-01-110

SL「貴婦人号《きふじんごう》」の犯罪《はんざい》

2023年3月18日　第1刷発行

【著者】
西村京太郎《にしむらきようたろう》

【発行者】
箕浦克史
【発行所】
株式会社双葉社
〒162-8540 東京都新宿区東五軒町3番28号
［電話］03-5261-4818(営業部)　03-5261-4831(編集部)
www.futabasha.co.jp（双葉社の書籍・コミックが買えます）
【印刷所】
大日本印刷株式会社
【製本所】
大日本印刷株式会社
【カバー印刷】
株式会社久栄社

【フォーマット・デザイン】
日下潤一

ISBN978-4-575-52647-9 C0193
Printed in Japan